D0652931

DESTRUCTION D'UN CŒUR

Stefan Zweig est né à Vienne en 1881. Il s'est essayé dans les genres littéraires les plus divers : poésie, théâtre, traductions, biographies romancées et critiques littéraires. Ses nouvelles l'ont rendu célèbre dans le monde entier. Citons *La Confusion des sentiments, Amok, Le Joueur d'échecs, La Peur, Vingt-quatre heures de la vie d'une femme, Destruction d'un cœur.*
Profondément marqué par la montée et les victoires du nazisme, Stefan Zweig a émigré au Brésil. Il s'est suicidé en même temps que sa seconde femme à Pétropolis le 22 février 1942.

Dans Le Livre de Poche :

AMOK
LE JOUEUR D'ÉCHECS
VINGT-QUATRE HEURES DE LA VIE D'UNE FEMME
L'AMOUR D'ERIKA EWALD
LA CONFUSION DES SENTIMENTS
TROIS POÈTES DE LEUR VIE :
STENDHAL, CASANOVA, TOLSTOÏ
LA GUÉRISON PAR L'ESPRIT
IVRESSE DE LA MÉTAMORPHOSE
LE COMBAT AVEC LE DÉMON
TROIS MAÎTRES : BALZAC, DICKENS, DOSTOÏEVSKI
EMILE VERHAEREN
CLARISSA
JOURNAUX
UN MARIAGE A LYON

Dans la série « La Pochothèque » :

ROMANS ET NOUVELLES 1 ET 2

La Peur, Amok, Vingt-Quatre Heures de la vie d'une femme, La Pitié dangereuse, La Confusion des sentiments....

ESSAIS t. 3

Au total, une vingtaine de romans et de nouvelles.

STEFAN ZWEIG

Destruction d'un cœur

suivi de

La gouvernante

et de

Le jeu dangereux

TRADUIT DE L'ALLEMAND
PAR ALZIR HELLA ET OLIVIER BOURNAC

BELFOND

DESTRUCTION D'UN CŒUR

Pour ébranler irrémédiablement un cœur, le Destin n'a pas toujours besoin de prendre un grand élan et de déployer une force brutale et brusque; il semble que précisément son indomptable volonté formatrice éprouve un plaisir spécial à faire naître d'un motif futile la destruction. Dans notre obscure langue humaine, nous appelons ce premier contact sans gravité «cause occasionnelle» et nous comparons avec étonnement son peu d'importance apparente avec les conséquences souvent formidables qui en dérivent; mais de même qu'une maladie ne commence pas avec son diagnostic, de même le sort d'un homme ne commence pas au moment où il devient visible, et où il se réalise. Toujours, dans l'esprit et dans le sang, le Destin œuvre intérieurement, longtemps avant de toucher l'âme du dehors. Se connaître, c'est déjà se défendre, et la plupart du temps inutilement.

Le vieil homme – il s'appelait Salomonsohn et il pouvait se parer dans son pays du titre de « Geheimer Kommissionsrat » – se réveilla, la nuit, dans cet hôtel de Gardone, où il avait accompagné sa famille à l'occasion des fêtes de Pâques : une violente douleur venait de l'assaillir. Son corps était étreint par de fortes douves, et à peine si le souffle de la respiration pouvait sortir de sa poitrine oppressée. Le vieil homme s'alarma, car il souffrait fréquemment de crampes biliaires, et c'était malgré l'avis des médecins qu'au lieu de la cure prescrite à Carlsbad il avait choisi, à cause des siens, ce séjour dans le Sud. Redoutant un accès de cette terrible affection, il tâtait anxieusement son corps obèse, mais ce fut pour constater bientôt, avec un grand soulagement, au milieu de sa douleur qui continuait encore de le tourmenter, qu'il avait seulement une pesanteur d'estomac, provenant sans doute de la cuisine italienne, à laquelle il n'était pas habitué, ou bien d'une de ces légères intoxications, comme les voyageurs là-bas en éprouvent souvent.

Il reprit haleine et sa main tremblante s'écarta, mais l'oppression durait toujours et gênait la respiration ; alors, en poussant des soupirs, le vieil homme sortit péniblement du lit, afin de faire un peu de mouvement ; effectivement, quand il fut debout, et encore mieux quand il se mit à marcher, la douleur s'atténua. Mais la chambre, entièrement plongée dans l'obscurité, n'offrait qu'un espace très limité ; en outre, il avait peur de réveiller sa femme, qui dormait dans un lit jumeau, et de lui donner inutilement du souci. Aussi il s'enveloppa d'un manteau de nuit, passa ses pieds nus dans des pantoufles et s'en alla, en tâtonnant avec précaution, dans le couloir pour y marcher quelque peu et apaiser son malaise.

Au moment où il poussait la porte contre le couloir obscur, l'écho de l'heure qui sonnait au clocher passait par les fenêtres larges ouvertes : quatre coups d'abord puissants et puis s'éparpillant mollement au-dessus du lac – quatre heures du matin.

Le long couloir était complètement noir. Mais par le souvenir très net qu'il en avait gardé de la journée, le vieil homme savait qu'il était rectiligne et spacieux ; aussi, sans avoir besoin d'éclairage, il alla d'un bout à l'autre, en respirant fortement et répéta plusieurs fois ce manège, en constatant avec satisfaction que petit à petit s'allégeait la pesanteur qu'il ressentait sur sa poitrine. Déjà il se préparait, presque complètement libéré de sa douleur par l'exercice bienfaisant, à regagner sa chambre, lorsqu'un bruit le fit s'arrêter, effrayé. Un bruit ? C'était plutôt un murmure qui venait de quelque part tout près dans l'obscurité, murmure si menu et sur lequel, pourtant, il ne pouvait se tromper. Quelque chose craqua dans une charpente, quelque chose murmura, bougea et pendant une seconde découpa, par la porte étroitement ouverte, un mince cône de lumière à travers l'informe obscurité. Qu'était cela ? Involontairement le vieil homme se serra dans un coin, nullement par curiosité, mais simplement sous l'impulsion du sentiment de honte, facile à comprendre, qu'il éprouvait à la pensée d'être ainsi surpris à déambuler la nuit si bizarrement.

Pourtant, presque malgré lui, dans cette unique seconde où l'éclat électrique traversa le couloir, il avait cru s'apercevoir que de la chambre d'où venait la lumière sortait avec prudence une forme féminine, vêtue de blanc, laquelle disparut à l'autre extrémité du passage. Effectivement, là-bas, à l'une des dernières portes du couloir résonna le bruit léger d'un loquet. Puis tout redevint sombre et profondément silencieux.

Le vieil homme se mit soudain à chanceler, comme s'il eût reçu un coup au cœur. Là-bas, à l'extrémité du corridor, là-bas, où le loquet avait bougé d'une façon révélatrice, là-bas… là-bas il n'y avait, pourtant, que les chambres de sa famille, l'appartement de trois pièces, loué pour lui et les siens. Sa femme, il l'avait laissée quelques minutes auparavant complètement plongée dans le sommeil : donc une erreur était impossible ; donc cette forme féminine courant ainsi l'aventure et qui sortait d'une chambre étrangère ne pouvait être personne d'autre qu'Erna, sa fille, qui avait à peine dix-neuf ans.

Le vieil homme frissonna de tout son corps, tellement il se sentait glacé d'épouvante. Sa fille Erna, cette enfant limpide et pétulante... Non, ce n'était pas possible, il devait s'être trompé. Qu'aurait-elle donc fait là-bas, dans cette chambre étrangère, sinon ?... Il repoussa loin de lui, comme une bête mauvaise, sa propre pensée, mais la vision fantomale de cette forme fugitive s'accrochait impérieusement à ses tempes : il ne pouvait pas s'en défaire, il ne pouvait pas échapper à son emprise ; il lui fallait avoir la certitude.

En soufflant, il tâtonna le long de la cloison du corridor, jusqu'à la porte de sa fille, qui était près de la sienne, mais, horreur ! c'est précisément là, précisément, à cette porte dans le couloir, à cette unique porte qu'un mince fil de lumière tremblait à travers la jointure et, par le trou de la serrure, se détachait un point blanc révélateur : à quatre heures du matin, elle avait encore de la lumière dans sa chambre, et, nouvelle preuve, voici que, justement, à l'intérieur de la chambre, le contact électrique craqua, le fil blanc de lumière disparut totalement dans le noir... Non, non, ici il ne servait à rien de s'illusionner ; c'était bien Erna, sa fille, qui, pendant la nuit, venait de quitter un lit étranger pour regagner le sien.

Le vieil homme tremblait d'horreur et de froid ; en même temps une sueur envahit son corps et inonda ses pores. Son premier mouvement fut pour enfoncer la porte, et cette éhontée, la rosser à coups de poing. Mais ses pieds vacillaient sous son large corps. À peine put-il trouver la porte de sa chambre et se traîner jusqu'au lit. Là il se laissa tomber sur l'oreiller, tout étourdi, comme une bête qu'on vient d'assommer.

Le vieil homme était étendu immobile sur sa couche ; ses yeux regardaient fixement dans l'obscurité. À côté de lui s'exhalait, insouciant et satisfait, le souffle de sa femme. Sa première pensée fut de la réveiller violemment et de lui annoncer l'effroyable découverte qu'il venait de faire, en criant ainsi toute la rage qui remplissait son cœur.

Seulement, comment exprimer cela, à haute voix, par des paroles, cette chose épouvantable ? Non, jamais, jamais, ce mot ne pourrait franchir ses lèvres. Pourtant, que faire ? Que faire ?

Il essaya de réfléchir, mais ses pensées voletaient pêle-mêle et aveugles, comme des chauves-souris. C'était, en effet, si monstrueux : Erna, sa tendre enfant, si bien élevée, avec ses yeux caressants... Combien de temps y avait-il qu'il la trouvait encore, en rentrant, occupée à lire son livre de classe et parcourant péniblement avec son petit doigt rose les lourds caractères d'écriture ?

Combien de temps y avait-il donc depuis l'époque où, à la sortie de l'école, il la conduisait chez le pâtissier, dans sa petite robe bleu pâle, et où il recevait son baiser d'enfant, de sa bouche encore toute ensucrée ?... N'était-ce pas hier que cela se passait ?... Non, il y avait déjà des années de cela... Mais avec quelle voix d'enfant hier encore, oui, hier, véritablement, elle l'avait supplié de lui acheter ce *sweater* bleu et or qui, dans la vitrine, faisait chanter ses couleurs avec tant de vivacité. « Petit papa, je t'en prie, je t'en prie », avait-elle dit en joignant les mains et avec ce rire, joyeux et sûr de sa force, auquel il ne pouvait jamais résister. Et maintenant, maintenant voilà qu'à dix pouces de la porte paternelle, elle se glissait la nuit dans le lit d'un étranger et s'y roulait, ardente et nue...

« Mon Dieu !... Mon Dieu !... soupira, malgré lui, le vieil homme. Quelle honte ! quelle honte !... Mon enfant, ma tendre enfant, si choyée, avec n'importe qui... Avec qui ?... Qui seulement cela peut-il bien être ?... Nous ne sommes arrivés ici à Gardone que depuis trois jours, et avant elle ne connaissait personne de ces fats tirés à quatre épingles : ni ce comte Ubaldi, à l'étroite figure, ni l'officier italien, ni ce *gentleman-rider* mecklembourgeois. Ce n'est qu'en dansant le second jour qu'ils ont fait connaissance, et déjà l'un d'eux l'aurait... Non, il n'est pas possible que ce soit le premier, non. Cela a dû déjà commencer plus tôt... et je n'en savais rien, je ne me doutais de rien, fou que j'étais, oui, fou fieffé. Mais que sais-je donc d'elles, à vrai dire ? Toute la journée je m'échine pour elles, je reste quatorze heures dans mon bureau, tout aussi longtemps qu'autrefois quand je voyageais avec ma valise d'échantillons. Je ne songe qu'à gagner de l'argent pour elles, de l'argent, de l'argent, afin qu'elles aient de belles robes et qu'elles soient riches, et le soir lorsque je rentre fatigué, accablé de lassitude, elles sont parties : soit au théâtre, soit au bal ou dans des sociétés. Que sais-je donc d'elles, et de ce qu'elles font pendant tout le jour ? Je ne sais maintenant qu'une chose, c'est que mon enfant, la nuit, avec son corps pur, va trouver les hommes, comme quelqu'un de la rue… Oh ! quelle honte ! »

Le vieil homme soupirait sans cesse. Chaque nouvelle pensée déchirait davantage sa blessure ; il lui semblait que son cerveau était ouvert tout sanglant et que des vers rouges le rongeaient.

« Mais pourquoi est-ce que je supporte tout cela ? Pourquoi puis-je maintenant rester couché, à me tourmenter, tandis qu'elle dort à son aise, avec un corps impudique ? Pourquoi ne me suis-je pas précipité tout de suite dans sa chambre, afin qu'elle sache que je connais sa honte ? Pourquoi ne lui ai-je pas rompu les os ? Parce que je suis faible, parce que je suis lâche… Toujours j'ai été faible vis-à-vis d'elles… Je leur ai toujours cédé en tout… J'étais si fier de leur rendre la vie facile, alors que déjà la mienne était perdue… Avec mes ongles j'ai ramassé de l'argent centime par centime… je me serais laissé arracher la chair des mains, rien que pour les voir contentes… Mais à peine les avais-je enrichies que déjà elles rougissaient de moi… Je n'ai plus été assez élégant pour elles… Trop peu cultivé… Et où donc aurais-je pu acquérir de la culture ? Dès l'âge de douze ans on m'a retiré de l'école et il a fallu que je gagne ma vie, toujours occupé du gain, uniquement occupé du gain... Porter des valises d'échantillons, voyager de village en village, et puis aller de ville en ville comme représentant, avant que j'aie pu monter mon propre commerce... Et à peine étaient-elles au haut de l'échelle sociale, voilà qu'elles ne voulurent plus de mon vieux et honnête nom de brave homme... Il a fallu que j'achète les titres de « Kommissionsrat », de « Geheimrat », afin qu'on ne dise plus « Mme Salomonsohn », afin qu'elles puissent jouer aux personnes distinguées... La distinction ! la distinction !... Elles riaient de moi lorsque je les mettais en garde contre leurs airs affectés, contre la « fine société » qu'elles fréquentaient, lorsque je leur racontais comment ma mère (Dieu ait son âme !) menait son ménage tranquillement, modestement, rien que pour son époux et pour nous... Elles m'ont traité de démodé... « Tu n'es pas à la page, petit papa », disait-*elle* toujours en raillant... Oui, démodé, oui... Et maintenant *elle* couche avec des hommes inconnus, dans un lit étranger, mon enfant, mon unique enfant ! Oh ! quelle honte ! quelle honte ! »

La douleur fit pousser au vieil homme des soupirs si violents que sa femme se réveilla.

– Qu'est-ce que c'est ? demanda-t-elle, tout engourdie par le sommeil.

Le vieil homme ne bougea pas et retint son souffle, et il resta ainsi couché immobile dans le sombre cercueil de sa torture, jusqu'au matin, rongé par ses pensées, comme par des vers.

Le lendemain matin, à la table du déjeuner, il fut le premier arrivé. Il s'assit en soupirant, la nourriture lui répugnait.

« Encore seul, pensa-t-il, toujours seul… Lorsque le matin je vais à mon bureau, elles dorment encore tout leur soûl, dans la paresse de leurs dancings et de leurs théâtres… Lorsque le soir je rentre, elles sont déjà dehors, à leurs plaisirs, dans des réunions : là elles n'ont pas besoin de moi. Oh ! l'argent, le maudit argent les a gâtées… C'est lui qui me les a aliénées… Fou que j'étais, c'est moi qui l'ai amassé sordidement ; tout en leur donnant des verges pour me fouetter, je n'ai réussi par là qu'à me rendre moi-même plus pauvre et elles plus mauvaises… Pendant cinquante stupides années je me suis éreinté, je ne me suis pas accordé un seul jour de liberté et maintenant… »

Il s'impatientait peu à peu.

« Pourquoi ne vient-elle pas ? Je veux lui parler, il faut

que je le lui dise… Il faut que nous partions d'ici tout de suite. Pourquoi ne vient-elle pas ? Probablement, elle est encore fatiguée, elle dort magnifiquement, la conscience en paix, tandis que moi, insensé, je me déchire le cœur… Et sa mère passe des heures à faire sa toilette ; il faut qu'elle prenne son bain, qu'elle s'apprête, qu'elle se fasse manucurer et friser ; elle ne descend pas avant onze heures… Après cela, est-ce étonnant ?… Dans ces conditions que peut devenir une enfant ?… Oh ! l'argent, le maudit argent !… »

Derrière lui un pas léger fit craquer le parquet.

– Bonjour, petit papa, bien dormi ?

Quelque chose s'inclina tendrement sur le côté et un mince baiser effleura le front battant du vieil homme. Involontairement il recula la tête : la senteur lourde et douceâtre du parfum l'écœurait. Et puis…

– Qu'as-tu, petit papa ?… Encore de mauvaise humeur… Garçon, du café et *ham and eggs*… Mal dormi, ou mauvaises nouvelles ?

Le vieil homme se contraignit. Il baissa la tête sans avoir la force de la regarder et il se tut. Il ne voyait que les mains de sa fille sur la table : les chères mains. Nonchalantes et bien manucurées, elles jouaient, comme de fins lévriers que l'on gâte, sur le blanc gazon de la nappe. Il tremblait. Son regard effleurait timidement les délicats bras blancs, ces bras d'enfant qui, autrefois… combien y avait-il de cela ? l'avaient si souvent enlacé à l'heure du coucher… il voyait la tendre courbure des seins, que la respiration faisait palpiter librement sous le *sweater* neuf. « Nue… nue… elle s'est vautrée avec un homme étranger ! pensait-il avec indignation. Il a saisi, tâté, caressé, goûté tout cela, il en a joui. Ma chair et mon sang !... Mon enfant !... Oh ce gredin d'étranger. Oh !... Oh !... »

De nouveau, il avait poussé un soupir sans s'en rendre compte.

– Qu'as-tu donc, petit papa ? fit-elle en se pressant vers lui d'un air caressant.

« Ce que j'ai ? sentait-il gronder intérieurement, une prostituée pour fille, sans que j'ose le lui dire. »

Mais il se contenta de marmotter indistinctement :

– Rien ! Rien !

Et il saisit hâtivement le journal, pour édifier avec ses feuilles ouvertes une palissade contre le regard interrogateur de sa fille, car il se sentait toujours davantage incapable de rencontrer ses yeux. Les mains du vieil homme tremblaient.

« Maintenant, c'est maintenant qu'il faudrait que je le lui dise, tandis que nous sommes seuls », pensait-il douloureusement. Mais la parole se refusait à lui ; il ne trouvait même pas la force de la regarder en face.

Soudain, d'un mouvement brusque, il repoussa son siège en arrière et d'un pas lourd il se réfugia dans le jardin, car il sentait que, malgré lui, une grosse larme roulait sur sa joue. Et cela, il ne fallait pas que sa fille le vît.

Le vieil homme aux courtes jambes errait dans le jardin et il regardait fixement et longuement le lac. Bien que presque entièrement aveuglé par les larmes qu'il réprimait, il ne pouvait pas se défendre de constater combien ce paysage était beau : derrière une fine lumière d'argent, élevant leurs vertes ondulations, hachurées de noir par les minces fûts des cyprès, brillaient les collines aux tendres couleurs et, par-delà, plus raides, les montagnes, contemplant gravement, mais sans arrogance, l'aimable charme du lac comme des hommes adultes regardent le jeu frivole d'enfants chéris. Avec quelle douceur tout cela s'étendait, et avec quels gestes francs, variés et hospitaliers ! Quelle invitation à être bon et heureux – ce sourire éternel et surnaturel que Dieu répandait sur ces terres méridionales ! « Heureux ! » Le vieil homme balançait, tout déconcerté, sa tête devenue trop lourde.

« Ici, on pourrait être heureux. Pour une fois, moi aussi, j'ai voulu avoir ce bonheur. Pour une fois, sentir moi-même quelle est la beauté du monde, quand on est sans souci... Après cinquante ans d'écritures et de calculs, de marchandages et de trafics sordides, pour une fois aussi j'ai voulu jouir de quelques jours de sérénité... Une fois, une fois, une seule fois, une seule, avant que l'on m'enterre... À mon âge, soixante-cinq ans, mon Dieu, la mort vous a déjà mis une main au collet, et l'argent ne vous sert plus à rien, ni les docteurs.

Je voulais auparavant respirer un peu à mon aise, pour une fois m'accorder une chose... Mais mon pauvre père me l'a toujours dit : « Les plaisirs ne sont pas faits pour nous ; nous porterons notre fardeau sur le dos, jusqu'à la tombe... » Hier j'avais pensé qu'une fois aussi il me serait permis de goûter quelque bonheur... Hier, j'étais, pour ainsi dire, un homme heureux, je me réjouissais de la beauté limpide de mon enfant, je me réjouissais de sa joie... Et déjà Dieu m'a puni, déjà il m'ôte tout... Car maintenant c'en est fini pour toujours. Je ne puis plus parler à ma propre enfant... Je ne puis plus la regarder dans les yeux, tellement j'ai honte... Toujours je serai obligé de penser, que je sois à la maison, au bureau ou la nuit dans mon lit : « Où est-elle maintenant, où était-elle, qu'a-t-elle fait ? »... Jamais plus je ne pourrai rentrer chez moi en paix, voir qu'elle est là assise et qu'elle bondit au-devant de moi et que mon cœur s'épanouit à son aspect tout de jeunesse et de beauté... Quand elle m'embrassera je me demanderai qui, hier, les a eues, ses lèvres... Je vivrai toujours dans l'anxiété quand elle sera loin de moi et j'aurai toujours honte quand je verrai ses yeux. Non, on ne peut pas vivre ainsi, on ne peut pas vivre ainsi... »

Le vieil homme chancelait tout en murmurant,

comme un homme ivre. Sans cesse ses yeux se reportaient sur le lac, et sans cesse les larmes se remettaient à couler dans sa barbe. Il fut obligé d'enlever son pince-nez et avec ses yeux myopes et mouillés il était là si gauche, sur l'étroit chemin, qu'un apprenti jardinier, qui précisément passait, s'arrêta, stupéfait, éclata de rire tout haut et décocha au vieillard décontenancé quelques mots de raillerie en italien. Cela tira le vieil homme de son vertige douloureux ; il remit son pince-nez et s'en alla à l'écart, se cacher n'importe où, sur quelque banc, hors de la vue des hommes.

Mais à peine s'était-il approché d'un coin reculé du jardin qu'un rire venu de sa gauche l'effraya de nouveau... Un rire qu'il connaissait bien et qui maintenant lui déchirait le cœur. Ce rire léger, où débordait la joie de sa fille, avait été, pendant dix-neuf ans, la musique du vieil homme. C'est pour ce rire qu'il avait passé des nuits entières en chemin de fer, en troisième classe, allant jusqu'en Pologne et en Hongrie, uniquement pour pouvoir au retour leur donner de l'argent – cet humus doré, sur lequel s'épanouissait cette insouciante gaieté. C'est uniquement pour ce rire qu'il avait vécu et qu'il s'était torturé, de labeurs et d'inquiétudes, jusqu'à en contracter une affection biliaire. Uniquement pour que ce rire sonnât toujours sur cette chère bouche. Et maintenant, ce rire maudit lui déchirait les intestins, comme une scie brûlante.

Et pourtant, malgré lui, le vieillard fut obligé de regarder. Elle était au tennis, faisant tournoyer sa raquette dans sa main nue, la lançant en l'air d'une souple articulation, pour jouer, et puis la rattrapant. Et toujours, en même temps que voltigeait l'instrument de jeu, ce rire exubérant fusait jusque dans l'azur du ciel. Les trois messieurs la regardaient avec admiration : le comte Ubaldi, en chemise mauve de tennis ; l'officier, dans un uniforme pincé, qui serrait les côtes, et le gentleman-rider, avec ses brèches impeccables – trois figures masculines, au profil net, campées là telles des statues autour de la joueuse qui semblait voler comme un papillon. Le vieil homme regarda le jeu, séduit lui-même. Mon Dieu ! comme elle était belle dans sa courte robe claire, et le soleil mettait une poussière d'or dans ses blonds cheveux ! Et avec quel bonheur ses jeunes membres sentaient leur propre légèreté en bondissant et en marchant, enivrés et enivrant les autres par cette docilité aisée et rythmique des articulations !

Maintenant, elle jetait fièrement en l'air la balle blanche de tennis, puis une seconde balle et une troisième ; c'était merveille de voir comment, se courbant et attrapant les balles, la svelte tige de son corps de jeune fille se balançait et ensuite se détendait comme un ressort pour saisir la dernière balle. Il ne l'avait jamais vue ainsi, tellement embrasée par les flammes de la joie – elle-même flamme blanche, fuyante et flottante, avec la fumée argentée du rire au-dessus de l'ardeur flamboyante du corps : jeune déesse surgie à la façon de Pan des lierres de ce jardin méridional et du bleu tendre du lac miroitant. Jamais chez elle ce corps menu et nerveux, dans l'ardeur du jeu, ne s'était tendu avec une frénésie de danse aussi vive. Jamais, non jamais il ne l'avait vue ainsi, dans leur ville morne, à l'étroit dans ses murailles, jamais il n'avait entendu, soit dans leur appartement, soit dans la rue, sa voix se dégager ainsi, comme un air léger d'alouette, de l'étouffement terrestre du gosier, pour s'épanouir en une sérénité presque chancelante ; non, non, jamais elle n'avait été si belle. Le vieil homme la regardait fixement, devenu tout yeux devant elle. Il avait tout oublié, il ne voyait que cette flamme blanche et fugitive, et il serait resté là, à aspirer sans fin son image d'un regard passionné, si, d'un preste mouvement sur elle-même, la jeune fille en bondissant toute haletante n'avait pas attrapé la dernière des balles avec lesquelles elle jonglait, après quoi elle la serra contre sa poitrine en regardant autour d'elle avec un rire plein de fierté – pouvant à peine respirer, tout essoufflée et transpirant de chaleur.

« *Brava, brava* », firent, en applaudissant comme après un air d'opéra, les trois hommes qui avaient assisté avec admiration à son adroite jonglerie. Ces voix gutturales réveillèrent le vieil homme de son engourdissement. Il les dévisagea avec colère.

« Les voilà, les brigands, disaient les battements de son cœur – les voilà... Mais lequel d'entre eux... Quel est celui des trois qui l'a eue ? Comme ils sont finement habillés, parfumés et rasés, ces fainéants ! À leur âge, nous autres, nous étions assis au bureau, avec nos pantalons rapiécés, et nous éculions nos chaussures en visitant les clients... Peut-être qu'il en est encore ainsi aujourd'hui de leurs pères, qui pour eux s'ensanglantent les ongles à force de travail... Mais eux se promènent de par le monde, volent au Bon Dieu la sainte journée, ont de bruns visages sans souci et des yeux clairs pleins d'effronterie... Dans ces conditions il est facile d'être frais et content, et on n'a qu'à jeter quelques paroles mielleuses à une vaniteuse enfant pour qu'aussitôt elle se glisse dans votre lit... Mais lequel des trois... lequel est-ce ?... L'un de ces individus, je le sais, aperçoit à travers sa robe sa nudité et se dit en faisant claquer la langue : « Celle-là, je l'ai eue. » Il l'a tenue chaude et sans voile dans ses bras et il pense : « Ce soir encore, elle sera à moi. » Et il lui fait signe de l'œil... Oh ! ce chien !... Pouvoir le cravacher, le fouetter à mort, ce chien-là ! »

Là-bas on l'avait remarqué ; sa fille brandit sa raquette pour le saluer et elle lui adressa un sourire ; les hommes levèrent leurs chapeaux. Mais il ne répondit pas, il regardait toujours fixement, d'un œil injecté de sang et inondé de colère, la bouche joyeuse de sa fille :

« Comment peux-tu encore rire ainsi, fille éhontée ?... Mais l'autre, qui est là en face d'elle, rit peut-être également en lui-même, et pense : « Le voilà, ce vieux nigaud de juif qui la nuit passe son temps à ronfler dans son lit... S'il savait, le vieux fou ! » Oui, je sais, vous riez ; vous mettez votre pied sur moi comme sur un crachat... Mais la fille est excitante et belle, elle est facile et se précipite dans votre lit... Quant à la mère, elle est déjà un peu grosse, un peu trop astiquée, fardée et peinte, mais, malgré tout, si on lui parlait, elle risquerait peut-être encore, elle aussi, une petite danse... Oui, vous avez raison, chiens que vous êtes ; oui, vous avez raison, si elles courent après vous, ces femmes en chaleur, ces femmes indignes... Que vous importe qu'un autre en ait le cœur brisé. Pourvu que vous y trouviez votre amusement ; pourvu qu'elles y trouvent leur amusement, ces femmes éhontées... On devrait vous cravacher jusqu'au sang... On devrait vous abattre à coups de revolver... Mais vous avez raison, tant que personne ne fait rien... Tant qu'on se contente de ravaler sa colère, comme un chien son vomissement... Oui, vous avez raison, si l'on est lâche à ce point, d'une lâcheté si écœurante… Si l'on ne va pas empoigner l'impudente par le bras et vous l'enlever de force… Si l'on se borne à rester là, muet, la bile à la bouche, lâchement… lâchement… lâchement. »

Le vieil homme eut besoin de se tenir au garde-fou, tellement son impuissante colère l'ébranlait. Et soudain il cracha à ses pieds et sortit du jardin en titubant.

Le vieil homme allait d'un pas lourd dans les rues de la petite ville ; il s'arrêta tout à coup devant une vitrine : toutes sortes de choses à l'usage des touristes, chemises et filets, blouses et articles de pêche, cravates, livres et pâtisseries s'amoncelaient là – par un voisinage tout à fait fortuit – en pyramides artificielles et en étagères bariolées. Mais le regard du vieil homme ne se porta que sur une seule chose, qui était là, méprisée, au milieu de cet assortiment d'élégances : une canne d'alpiniste, épaisse et massive, renforcée par un bout de fer, lourde à la main, et quand elle touchait le sol produisant un choc terrible.

« L'assommer... l'assommer, le chien ! » Cette pensée plongeait le vieillard dans un vertige trouble et presque voluptueux : c'est elle qui le poussa dans la boutique, où pour peu d'argent il acquit cette sorte de massue. Et à peine eut-il à son poing ce lourd objet, puissant et dangereux, qu'il se sentit plus fort : toujours une arme donne à l'homme physiquement faible une plus grande assurance. Il sentait, au contact du manche, ses muscles se contracter avec plus de force : « L'assommer… l'assommer, l'assommer, le chien ! » se murmurait-il à lui-même. Et, sans qu'il s'en rendît compte, son pas qui trébuchait lourdement devint plus ferme, plus droit et plus léger ; il allait et venait le long du lac ; il courait même déjà tout haletant de sueur, mais plus par suite du déchaînement de la passion qu'à cause de l'accélération de la marche. En effet, sa main se cramponnait toujours plus fiévreusement au manche du gourdin.

Avec son arme, il entra dans la fraîcheur ombreuse et bleuâtre du hall de l'hôtel, cherchant aussitôt, d'un regard irrité, l'invisible adversaire. Et, effectivement, dans un coin ils étaient là tous ensemble, assis sur les souples fauteuils de paille, suçant par de minces chalumeaux du whisky soda et s'entretenant gaiement dans la nonchalance d'une causerie mondaine : sa femme, sa fille et les inévitables particuliers.

« Lequel est-ce ? Lequel est-ce ? pensait-il sourdement en serrant dans son poing le bout du lourd gourdin. Auquel d'entre eux dois-je fendre le crâne ? À qui ?… À qui ? »

Mais déjà Erna, se méprenant sur son air inquiet et investigateur, s'élançait au-devant de lui :

– Te voilà, petit papa. Nous t'avons cherché partout. Pense ! M. de Medwitz nous prend avec lui dans sa Fiat ; nous irons jusqu'à Desenzano, en faisant le tour du lac.

En même temps, elle le poussait tendrement vers la

table, comme s'il devait encore adresser des remerciements pour cette invitation.

Les hommes s'étaient levés poliment et lui tendaient la main. Le vieillard trembla. Mais contre son bras se faisait sentir, douce et semblable à un stupéfiant, l'apaisante et chaude présence de sa fille. Sa volonté l'abandonnant, il prit l'une après l'autre les mains qui s'offraient, s'assit en silence, tira un cigare de sa poche et, les dents serrées, mâcha sa colère, dans la chair molle du tabac. Par-dessus sa tête, la conversation tenue en français et dominée par le rire joyeux de plusieurs voix.

Le vieil homme était assis, muet, penché en avant, et il mordait son cigare si fort que le suc brun en coulait sur ses dents.

« Ils ont raison, ils ont raison, pensait-il, on devrait me lancer des crachats ; voilà maintenant que je *lui* ai encore donné la main !... À tous les trois, il est vrai, mais je sais bien que l'un d'eux est le gredin... Et je suis là, tranquillement assis à la même table que lui. Je ne l'écrase pas ; non, au lieu de l'écraser, je lui donne poliment la main ! Ils ont raison, tout à fait raison, s'ils rient de moi... Et dans leur entretien ne font-ils pas, moi présent, comme si je n'étais pas là ? Comme si déjà je gisais sous terre ?...

Et, pourtant, elles savent bien, elles deux, Erna et sa mère, que je ne comprends pas un mot de français. Toutes deux le connaissent, toutes deux, mais aucune ne m'adresse seulement un mot, pour sauver les apparences, uniquement pour que je ne sois pas là si ridicule, si affreusement ridicule... Pour elles, je ne suis qu'une billevesée, une vaine chose... Un appendice désagréable, un objet gênant et ennuyeux... quelque chose dont on a honte et qu'on ne chasse pas loin de soi, simplement parce qu'elle rapporte de l'argent...

De l'argent ! De l'argent, ce misérable et sale argent, avec lequel je les ai pourries ! De l'argent, sur lequel repose la malédiction de Dieu !...

Elles ne m'adressent pas une parole, ma femme, ma propre enfant ; elles n'ont d'yeux que pour ces fainéants, pour ces fats aux visages glabres et aux beaux costumes... Elles leur rient, chatouillées, comme si la main de ces gaillards tripotait leur chair... Et moi, moi, je tolère tout cela... Je suis là, assis à côté d'eux, je les entends rire, je ne comprends rien à ce qu'ils disent, et, pourtant, je reste là, sur mon siège, au lieu de lever mon poing sur eux et de les assommer... Oui, au lieu de les écraser avec mon gourdin et de les séparer violemment, avant qu'ils ne commencent à s'accoupler devant mes propres yeux... Je permets tout cela, je reste là, assis, muet, stupide, lâche... lâche... lâche... »

– Vous permettez ? demanda alors, en un allemand pénible, l'officier italien, tout en saisissant le porte-allumettes.

Alors, effarouché au milieu de ses fiévreuses pensées, le vieil homme sursauta et il regarda d'un air irrité l'autre qui ne se doutait de rien. La colère était encore en lui toute brûlante. Un moment, sa main étreignit le bâton convulsivement, mais presque aussitôt sa bouche se tordit en une grimace qui disparut dans un ricanement insensé.

– Oh ! je permets, fit-il.

Sa voix avait pris un ton incisif.

– Certainement, je permets. Hé ! hé !... Je permets tout, tout ce que vous voudrez... Hé ! hé !... Je permets tout... Tout ce que j'ai n'est-il pas à votre disposition ?... Avec moi, on peut tout se permettre.

L'officier le regarda, étonné. Ne connaissant pas bien l'allemand, il n'avait pas tout compris. Mais ce rire torve et grimaçant l'inquiétait. Le baron allemand eut un sursaut involontaire et les deux femmes étaient devenues blanches comme de la craie. Pendant un instant, l'atmosphère fut, entre eux, toute tendue et sans aucun souffle, comme dans le court intervalle qu'il y a entre l'éclair et le grondement du tonnerre.

Mais, ensuite, cette sauvage contraction du visage disparut, le bâton glissa hors du poing convulsé. Comme un chien battu, le vieil homme se replia sur lui-même et toussota d'un air embarrassé, effrayé de sa propre hardiesse.

En hâte, Erna, pour faire disparaître ce pénible état de tension, renoua la conversation interrompue ; le baron allemand répondit avec une gaieté visiblement affectée, et, au bout de quelques minutes, le flux qui s'était arrêté reprit son cours.

Le vieil homme était assis au milieu des interlocuteurs, tout à fait étranger à leur présence ; on aurait pu croire qu'il dormait. L'épais gourdin, échappé de ses mains, pendait sans but entre ses jambes. Sa tête s'inclinait toujours plus profondément sur la main qui la soutenait. Mais personne ne faisait plus attention à lui ; par-dessus son silence roulait la vague sonore de la conversation et, parfois, jaillissaient comme une écume, sur un joyeux mot plaisant, les étincelles des éclats de rire ; mais le vieillard restait immobile au-dessous de ces bruits, plongé dans d'infinies ténèbres, noyé dans la honte et la douleur.

Les trois hommes se levèrent. Erna les suivit avec empressement, et sa mère plus lentement; ils allèrent, comme suite à une gaie proposition que quelqu'un avait faite, dans le salon de musique, à côté, et ils ne crurent pas nécessaire d'inviter à les accompagner le vieillard qui était là lourdement affalé sur lui-même. Ce n'est que sous l'effet du vide se produisant soudain autour de lui qu'il sortit de sa torpeur, comme un dormeur qui se réveille effrayé par la sensation du froid, lorsque, la nuit, la couverture a glissé du lit et qu'un courant d'air frais passe sur le corps découvert. Involontairement, le regard du vieillard s'accrochait lourdement aux sièges abandonnés; mais voilà que déjà tout près, dans le salon de musique, un jazz saccadé et entraînant se mettait à déferler avec violence, et il entendit des rires et des cris d'encouragement. Ils dansaient à côté. Oui, danser, toujours danser, pour cela elles étaient fortes! Toujours s'exciter le sang, toujours se frotter lascivement les uns aux autres, jusqu'à ce que le rôti soit cuit ! Danser, le soir, la nuit, en plein jour, c'est avec cela que ces oisifs, ces paresseux appâtaient les femmes !

Irrité, le vieil homme reprit son épais gourdin et se glissa vers le lieu où ils se trouvaient. Il s'arrêta sur le seuil de la porte. Le gentleman-rider allemand était assis au piano et, à demi tourné pour pouvoir en même temps voir les danseurs, il déroulait sur les touches, sans partition et par à-peu-près, un air américain en vogue. Erna dansait avec l'officier ; sa mère, massive et forte, était balancée rythmiquement en avant et en arrière – et non sans peine – par le comte Ubaldi, perché sur ses longues jambes. Mais le vieil homme n'avait d'yeux que pour Erna et son partenaire. De quelle façon ce lévrier posait avec légèreté ses mains caressantes sur les tendres épaules, comme si cette créature lui appartenait tout entière ! Comme le corps de la jeune fille, bercé et s'abandonnant, semblant se promettre, se pressait contre celui du cavalier ! Comme les deux danseurs se confondaient presque l'un dans l'autre, sous ses propres yeux, avec une passion péniblement contenue ! Oui, c'était lui, lui, car dans ces deux corps ondoyants s'affirmait manifestement la flamme de leur union, l'ardeur d'une communion qui était déjà passée dans leur sang. Oui, c'était lui, lui, ce ne pouvait être que lui ; il le lisait dans les yeux de sa fille qui, mi-clos, et pourtant brillants d'un vif éclat, reflétaient dans ce balancement presque aérien le souvenir d'une jouissance plus ardente. Oui, c'était lui, le voleur, qui, la nuit, saisissait et cambriolait frénétiquement ce qui maintenant se voilait, à demi transparent, sous la robe mince et ondoyante, – son enfant, son enfant ! Involontairement, il s'approcha, pour l'arracher des mains de cet homme, mais elle ne le remarqua pas. Tous ses mouvements étaient abandonnés au rythme, à la pression de son cavalier – du séducteur –, qui l'assujettissait insensiblement ; la tête penchée en arrière, la bouche ouverte et humide, tout ivresse et s'oubliant elle-même, elle voguait librement dans les flots voluptueux de la musique, sans sentir l'espace qui l'entourait, sans avoir conscience ni du temps ni de la présence de cet homme –, de ce vieil homme tremblant et soufflant, qui, le regard injecté de sang, la dévisageait fixement dans un fanatique transport de colère. Elle ne sentait qu'elle-même, ses jeunes membres suivant sans résistance le rythme bref de cette danse haletante et tourbillonnante ; elle ne sentait qu'elle-même – et que l'haleine d'un mâle la désirait, qu'un bras fort l'étreignait, que dans cette molle oscillation il lui fallait faire tous ses efforts pour ne pas se précipiter sur lui avec des lèvres passionnées et avec l'ardeur brûlante et pénétrante du don de soi. Le vieil homme se rendait magiquement compte de tout cela, dans son propre sang complètement en révolution ; sans cesse, quand la danse éloignait Erna de lui, il lui semblait qu'elle disparaissait, pour toujours, dans l'abîme.

Soudain, comme une corde en vibration qui se brise, la musique s'arrêta au milieu d'une mesure. Le baron allemand bondit :

– Assez joué pour vous, dit-il en riant ; maintenant, c'est moi qui vais danser.

Tous applaudirent joyeusement ces paroles, les couples entraînés par la danse se dénouèrent et il n'y eut plus là qu'un groupe de personnes pêle-mêle regardant le baron danser.

Le vieil homme revint à lui ; c'était le moment de dire quelque chose, au lieu de rester là, si décontenancé, dans une inertie misérable. Voici que justement sa femme passait devant lui, un peu essoufflée par l'effort de la danse et, pourtant, toute chaude de contentement. La colère inspira au vieillard une résolution soudaine. Il s'approcha d'elle et lui dit d'une voix rauque et impatiente : « Viens, j'ai à te parler. »

Elle regarda avec étonnement : des perles de sueur mouillaient son front pâle, ses yeux avaient l'air égaré. Que voulait-il donc ? Pourquoi, précisément, venir la déranger en ce moment ? Déjà, un mot dilatoire se formait sur sa lèvre ; mais il y avait dans l'attitude de son mari quelque chose de si convulsé et de si menaçant que, se rappelant subitement l'éclat de tout à l'heure, elle le suivit à contrecœur.

« Excusez, messieurs, un instant ! » dit-elle tout d'abord, en français, en se retournant vers les hommes, avec une mine de circonstance.

« La voilà qui s'excuse auprès d'eux, pensa avec mécontentement son mari irrité. Auprès de moi ils ne se sont pas excusés, tout à l'heure, en se levant de table. Je ne suis pour eux qu'un bout de tapis que l'on foule aux pieds. Mais ils ont raison, ils ont raison, si je tolère cela. »

Elle attendait, en fronçant sévèrement les sourcils ; comme un écolier devant son maître, le vieil homme était là devant elle, la lèvre tremblante.

– Eh bien ? lui demanda-t-elle enfin, d'un ton impérieux.

– Je ne veux pas, je ne veux pas, finit-il par balbutier désespérément, je ne veux pas que vous... que vous fréquentiez ces gens-là.

– Quelles gens ? fit-elle, en ayant l'air de ne pas comprendre. Et elle leva les yeux, indignée, comme s'il l'eût offensée elle-même.

– Les gens qui sont là, fit-il en montrant de sa tête baissée la direction du salon de musique. Cela ne me convient pas... je ne le veux pas...

– Et pourquoi donc ?

« Toujours ce ton inquisitorial, pensa-t-il avec irritation, comme si j'étais son domestique. »

Et, nerveusement, il balbutia :

– J'ai mes raisons... mes raisons bien déterminées... Cela ne me convient pas, je ne veux pas qu'Erna parle à ces gens-là... Je n'ai pas besoin de tout dire.

– Dans ce cas, je le regrette, fit-elle, en refusant avec arrogance de déférer au désir de son mari. Je trouve que ces trois messieurs sont des personnes extrêmement bien élevées et qu'ils représentent une bien meilleure compagnie que celle que nous avons chez nous.

– Une meilleure compagnie !... Ces fainéants, ces... ces...

La colère le serrait à la gorge d'une façon toujours plus intolérable. Soudain, il frappa du pied, en disant :

– Je ne veux pas... je le défends... as-tu compris ?

– Non, répondit-elle froidement, je n'ai rien compris du tout. Je ne sais pas pourquoi je gâterais le plaisir de mon enfant !

– Son plaisir !... Son plaisir !...

Et, comme s'il eût reçu un coup, il chancela, le visage tout rouge et le front inondé de gouttes de sueur. Sa main tâta dans le vide, pour saisir le lourd gourdin, afin de s'y appuyer ou bien de le brandir. Mais il l'avait oublié. Cela le calma. Il se contraignit : une onde chaude effleura soudain son cœur. Il s'approcha de sa femme comme s'il voulait lui saisir la main. Sa voix se fit toute petite, presque suppliante :

– Tu… tu ne comprends pas. Je ne veux rien du tout pour moi… Je vous le demande seulement pour… C'est ma première prière depuis des années. Partons immédiatement d'ici, partons pour Florence, pour Rome, pour l'endroit que vous voudrez, j'approuve tout à l'avance ; vous pouvez tout régler comme vous l'entendrez ; seulement, partons d'ici, je t'en supplie. Partons… partons… partons… aujourd'hui même… aujourd'hui… Je… je ne peux pas supporter cela plus longtemps, je ne peux pas…

– Aujourd'hui ? fit-elle, tandis que son front se plissait d'étonnement et dans un mouvement de refus. Nous en aller aujourd'hui ? Quelles sont ces idées ridicules ?… Et simplement parce que ces messieurs ne te sont pas sympathiques ? Tu n'es pas obligé de les fréquenter.

Il restait là, les mains levées en guise de supplication.

– Je ne puis pas supporter cela, t'ai-je déjà dit. Je ne puis pas… je ne puis pas… Ne m'en demande pas davantage, je t'en supplie… Mais, crois-moi, je ne peux pas le supporter, je ne le peux pas… Fais une fois quelque chose pour m'être agréable, une seule fois… pour moi…

Là-bas, le piano avait repris ses notes martelées. Elle le regarda, touchée, malgré elle, par le cri déchirant de sa voix ; mais quel air indiciblement ridicule il avait, ce petit homme obèse, le visage tout rouge comme s'il allait être frappé d'un coup de sang, les yeux hagards et gonflés, les mains levées frémissant dans le vide, au bout de ses manches trop courtes ! Il était pénible de le voir ainsi, dans une attitude si pitoyable. Le léger sentiment de compassion qu'elle avait ressenti se figea dans ces paroles résolues :

– C'est impossible. Pour aujourd'hui, nous avons dit que nous sortirions avec eux... Et puis, nous partirions demain, alors que nous avons loué pour trois semaines ?... Nous nous rendrions ridicules... Je ne vois pas le moindre prétexte à notre départ... Je reste ici, et Erna aussi...

– Et moi, je puis m'en aller, n'est-ce pas ?... Ici, je ne fais que gêner... gêner votre... plaisir.

Ces paroles rauques comme un cri coupèrent en deux la dernière phrase de sa femme. Le corps massif et penché du vieillard s'était redressé : ses mains étaient devenues des poings et sur son front tremblait, d'un air menaçant, la veine de la colère. Quelque chose voulait encore sortir de lui, soit paroles, soit coups. Mais, soudain, il se retourna d'un seul mouvement et courut en vacillant, d'un pas toujours plus rapide, avec ses jambes lourdes, vers l'escalier, et il en monta les marches, comme quelqu'un que l'on poursuit.

Le vieil homme soufflait en gravissant hâtivement l'escalier : ah ! s'il pouvait seulement, maintenant, être dans sa chambre, être seul, se maîtriser, contenir ses nerfs, ne pas faire quelque acte insensé ! Déjà il avait atteint le premier étage, lorsqu'il lui sembla qu'une griffe brûlante, s'étant glissée dans son corps, lui déchirait les entrailles, et, devenu blanc comme la chaux, il dut s'appuyer en chancelant contre le mur. Oh ! cette douleur furieuse qui le broyait et le dévorait comme une flamme ! Il fut obligé de serrer les dents pour ne pas crier. Et, tandis qu'il gémissait, son corps vaincu se pliait en deux.

Aussitôt, il comprit ce qui lui arrivait : c'était une crise biliaire, une de ces crises terribles qui l'avaient souvent tourmenté dans ces derniers temps, mais jamais encore en le martyrisant aussi diaboliquement que cette fois-ci. « Pas d'excitation », avait dit le médecin. Et, à cet instant, il se rappela ce conseil au milieu de sa douleur, et au milieu de sa douleur il se railla encore lui-même avec colère :

« C'est facile à dire, pas d'excitation !... Il devrait bien me faire voir un jour, monsieur le professeur, comment on s'y prend pour ne pas s'émouvoir quand on... Oh ! Oh !... »

Le vieil homme poussait des gémissements tellement la griffe torturait son corps. Avec peine, il se traîna jusqu'à la porte du salon, l'ouvrit brusquement et tomba sur le canapé, enfonçant ses dents dans les coussins. Dès qu'il fut ainsi couché, la douleur se relâcha un peu, les ongles de feu ne s'enfoncèrent plus avec tant de férocité dans les entrailles cruellement blessées.

« Il faudrait une compresse, songea-t-il, je devrais prendre des gouttes, car, alors, chaque fois j'éprouve comme un soulagement. »

Mais personne n'était là pour l'aider. Personne. Et lui-même n'avait pas la force de se traîner dans l'autre pièce ou seulement jusqu'à la sonnette.

« Il n'y a personne, pensa-t-il avec irritation. Quelque jour, je crèverai comme un chien, car, je le sais, ce qui me torture, ce n'est pas la bile... c'est la mort qui se développe en moi... Je le sais, je suis un homme fini et aucun professeur de faculté, aucune cure ne peuvent plus m'aider... À soixante-cinq ans, on ne guérit plus... Je sais ce qui me ronge et me mine, c'est la mort, et les quelques années qui me restent encore ne seront plus la vie, mais simplement une agonie... Cependant, quand ai-je donc vécu ?... Vécu, pour moi, pour moi-même ?... Quelle vie ai-je donc menée, toujours uniquement occupé d'amasser de l'argent, de l'argent, de l'argent ?... toujours rien que pour les autres, et maintenant, à quoi cela me sert-il ?... J'ai eu une femme, je l'ai prise jeune fille, j'ai ouvert son ventre et elle m'a donné un enfant ; pendant des années et des années, on a respiré d'un même souffle, dans le même lit et, maintenant, où est-elle, maintenant ? Je ne reconnais plus son visage, je ne reconnais plus sa voix... Elle me parle comme à un étranger et elle ne pense jamais à ma vie, à tout ce que j'éprouve, que je souffre et que je pense. Il y a déjà des années qu'elle m'est devenue tout à fait étrangère... Comment cela s'est-il fait ? Où est notre passé ?... Et l'on a eu un enfant... Je l'ai vu grandir : j'ai cru que c'était là une seconde vie qui commençait, plus claire et plus heureuse que celle qu'on a vécue soi-même, et qu'ici-bas on ne meurt pas tout entier...

Et voilà que la nuit cet enfant s'éloigne de vous et va se jeter dans les bras des hommes... Je ne mourrai que pour moi-même, que pour moi-même, car pour les autres je suis déjà mort. Mon Dieu ! mon Dieu ! jamais je n'ai été aussi seul... »

La terrible griffe s'enfonçait parfois cruellement, et puis elle relâchait son étreinte. Mais l'autre souffrance battait toujours plus profondément dans ses tempes... Les pensées – ces cailloux durs, pointus, implacables et brûlants – meurtrissaient son cerveau... Ah ? ne pas penser, ne pas penser ! Le vieil homme avait déboutonné vivement son veston et son gilet : son corps ballonné tremblait lourdement et comme une masse informe, sous le gonflement de la chemise. Avec précaution, il pressait de sa main l'endroit de la douleur.

« Je ne suis qu'une chair douloureuse, sentait-il, je ne suis que cela, rien que ce morceau de peau brûlante... Et cela seulement qui me ronge l'être, cela m'appartient encore, c'est ma maladie, ma mort... Je ne suis rien d'autre... La chose que je suis devenu n'a plus rien de commun avec le « Kommissionsrat » que j'étais ; elle n'a plus ni femme, ni enfant, ni argent, ni maison, ni commerce... Ce que je sens avec mes doigts, mon corps, la combustion intérieure qu'il y a en lui et qui me fait souffrir, cela seul est pour moi la réalité... Tout le reste est folie, n'a plus de sens... Car ce qui me fait mal ne fait mal qu'à moi seul... Ce qui m'inquiète n'inquiète que moi seul... On ne me comprend plus et je ne comprends plus les autres...

On est tout seul avec soi-même, jamais je ne m'en suis rendu si bien compte. Mais, à présent, je le sais, à présent que je suis là couché et que je sens la mort croître sous ma peau, maintenant, trop tard, dans ma soixante-sixième année, au moment où je vais misérablement finir, maintenant, tandis qu'elles dansent et vont se promener ou se trémousser, ces femmes indignes, maintenant, je m'aperçois que je n'ai vécu que pour elles-mêmes, sans qu'elles m'en sachent aucun gré, et jamais, pas une seule heure, pour moi-même... Mais pourquoi toujours me soucier d'elles ?... Qu'ont-elles encore de commun avec moi ?... Pourquoi penser à elles, elles qui ne pensent jamais à moi ?... Plutôt crever comme un animal que recevoir leur compassion... Qu'ai-je encore de commun avec elles ?... »

Peu à peu, reculant pas à pas, la douleur le quitta : cette main infernale ne fouillait plus dans son corps martyrisé, comme une griffe embrasée. Mais il restait quelque chose de sourd, quelque chose qui ne méritait plus le nom de douleur, quelque chose d'étrange qui pesait sur lui et semblait creuser en son être une galerie intérieure.

Le vieil homme gisait là, les yeux fermés, et toute sa force d'attention était concentrée sur ce qui le tiraillait et le consumait ainsi doucement : il lui semblait que cette puissance étrange et inconnue creusait quelque chose en lui, d'abord avec un instrument aigu, et puis maintenant avec un instrument plus émoussé ; il lui semblait que quelque chose se désagrégeait et se déliait, fibre à fibre, dans l'intérieur invisible de son corps. Cela ne le déchirait plus sauvagement ; cela ne lui faisait plus mal. Cependant, il y avait là quelque chose qui couvait et se corrompait silencieusement en lui, quelque chose qui commençait à mourir.

Tout ce qu'il avait vécu, tout ce qu'il avait aimé, passait dans cette flamme à la lente combustion, brûlait noir et fumeux avant de tomber effrité et carbonisé dans les cendres tièdes de l'indifférence. Quelque chose s'accomplissait, tandis qu'il était ainsi couché et que, furieusement, il passait en revue son existence. Quelque chose touchait à sa fin. Qu'est-ce qui se passait ? Il était là à guetter et à épier en lui-même.

Et peu à peu commença la destruction de son cœur.

Il était là, couché, les yeux clos, le vieil homme, dans la chambre baignée de crépuscule. Il était encore à demi éveillé et déjà il rêvait à demi. Et voilà que mi-sommeillant, mi-veillant, il ressentit confusément de bizarres impressions : il lui semblait que de quelque part (d'une plaie qui n'était pas douloureuse et qu'il ne connaissait pas), quelque chose d'humide, quelque chose de brûlant, coulait doucement, sans bruit, vers l'intérieur de son être ; il lui semblait que du sang coulait dans son propre sang. Cet épanchement invisible, très faible, ne lui faisait pas mal. Comme des larmes qui coulent avec lenteur, tièdes et discontinues, ainsi tombaient les gouttes de sang, et chacune d'elles venait le frapper en plein cœur. Mais le cœur, le cœur plongé dans l'obscurité, ne faisait entendre aucun son ; il absorbait en lui silencieusement ce flot étranger. Il l'absorbait comme une éponge ; il en devenait plus lourd, toujours plus lourd, et déjà il y avait un gonflement, déjà il y avait une enflure dans l'étroite structure de sa poitrine. Peu à peu, devenu plein et dépassant son propre poids, le cœur commençait à tirer légèrement vers le bas, à tendre les ligaments, à dilater les muscles bien tendus, et, toujours douloureux, il pressait et pesait plus lourdement, devenu déjà d'une grosseur énorme et suivant la poussée de sa propre pesanteur. Et maintenant (comme cela faisait mal!) maintenant, ce lourd organe se détachait, maintenant, il commençait à s'affaisser. Sans mouvement brusque, sans déchirure, tout lentement, il se détachait des fibres de la chair, – tout lentement, non pas comme une pierre, non pas comme un fruit qui tombe! Non, il se détachait comme une éponge pleine d'un liquide qu'elle a absorbé, il descendait plus bas, toujours plus bas, dans quelque chose de tiède et de vide, quelque part, dans un espace sans nom qui était situé hors de lui-même et qui ressemblait à une nuit vaste et infinie. Et, brusquement, voici qu'un affreux silence se produisit à l'endroit où, tout à l'heure encore, se trouvait ce cœur chaud et coulant goutte à goutte : il y avait là une fissure, un vide sinistre et glacé. On n'entendait plus de battement, on n'entendait plus de goutte tomber : l'intérieur était devenu entièrement muet, tout à fait mort. Et, noire et creuse comme un cercueil, la poitrine frissonnante se bombait autour de ce néant incompréhensiblement muet.

Cette sensation de rêve dans laquelle il se trouvait plongé était si forte et son trouble si profond que le vieil homme, lorsqu'il se réveilla, porta involontairement la main au côté gauche de sa poitrine, pour voir si réellement son cœur n'existait plus. Mais, Dieu soit loué! quelque chose battait encore, sourd et rythmique, sous le tâtonnement du doigt, et pourtant il semblait que ce n'était là qu'un battement étouffé, résonnant dans le vide, et que le cœur, lui, avait disparu. En effet, par un phénomène étrange, il avait l'impression que son propre corps s'était défait de lui-même. Aucune douleur ne le tiraillait plus, aucun souvenir ne crispait plus ses nerfs torturés ; tout, dans son être, était là muet, rigide et pétrifié.

« Qu'est-ce que cela signifie ? pensa-t-il. J'ai été tellement tourmenté, il n'y a qu'un instant encore ; tout mon être était en feu, oppressé, et toutes les fibres de mon corps palpitaient douloureusement. Qu'est-ce qui m'est arrivé ? »

Il écoutait, comme à l'intérieur de quelque chose de creux, pour voir si plus rien ne bougeait de ce qu'il y avait là tout à l'heure. Mais cet épanchement et ce bruit, cet égouttement et ce battement étaient partis ; il avait beau écouter et écouter, rien, rien ne résonnait. Rien ne le tourmentait plus, plus rien de douloureux : sans doute, tout son être était maintenant vide et noir comme le creux d'un arbre consumé par le feu. Et, tout à coup, il lui sembla être déjà mort, ou avoir quelque chose en lui de mort, tellement était sinistre ce silence dû à l'arrêt de l'écoulement du sang. Son propre corps, sous lui, était aussi froid qu'un cadavre, et il avait peur de le toucher avec sa chaude main.

Le vieil homme écoutait toujours en lui-même : il n'entendait pas les cloches du lac apporter chaque fois dans sa chambre les sonnantes heures, chacune d'elles enveloppée d'un peu plus de crépuscule. Tout autour de lui, la nuit s'étendait déjà, l'obscurité effaçait les objets dans l'espace, qui disparaissait lui-même peu à peu ; jusqu'à la clarté du ciel, aperçue dans le carré de la fenêtre, qui s'éteignit complètement dans les ténèbres. Le vieil homme ne remarquait rien de tout cela ; toute son attention était concentrée sur la chose noire qu'il y avait en lui ; il ne faisait que tendre l'oreille dans le vide de son corps, comme s'il eût été enfermé dans sa propre mort.

Enfin, dans la chambre voisine, on entendit des rires et de la gaieté ; la lumière jaillit à côté ; un rayon passa à travers la porte qui n'était que poussée. Le vieil homme s'effraya ; sa femme, sa fille ! Elles allaient le trouver sur ce lit de repos et l'interroger. Il boutonna à la hâte son veston et son gilet : qu'avaient-elles besoin de savoir s'il avait eu une crise ? En quoi cela pouvait-il les regarder ?

Mais les deux femmes ne le cherchaient pas : manifestement, elles étaient pressées ; le gong frappait impétueusement son troisième appel pour le dîner. Elles faisaient sans doute leur toilette : le vieil homme, aux aguets, entendait par la porte ouverte le bruit de chaque mouvement. Elles ouvraient les tiroirs ; elles posaient sur les tables de toilette leurs bagues, qui rendaient un son léger ; ensuite, des chaussures roulèrent sur le sol, et, pendant tout ce temps, elles parlaient : chaque parole, chaque syllabe atteignait l'oreille attentive du vieil homme avec une cruelle netteté.

D'abord, elles parlèrent des messieurs de leur société, en se moquant d'eux ; puis, des petits incidents de leur promenade en automobile : c'étaient des phrases insignifiantes et sans suite qui se déroulaient pêle-mêle, pendant qu'elles faisaient leur toilette, se baissaient et s'attifaient. Voici que soudain la conversation s'orienta sur lui.

– Où est donc papa ? avait demandé Erna, toute surprise de n'avoir pas pensé à lui plus tôt.

– Comment le saurais-je ? fit la voix de la mère, qui prit aussitôt un ton chagrin, en venant à cette question. Il est probable qu'il nous attend en bas, dans le hall, et qu'il lit pour la centième fois les cours de la Bourse, dans la *Gazette de Francfort*, puisque en dehors de cela rien de l'intéresse. Crois-tu qu'il ait seulement regardé le lac ? Il ne se trouve pas bien ici, m'a-t-il dit à midi. Il voulait que nous partions aujourd'hui même.

– Partir aujourd'hui même !... Et pourquoi donc ?

C'était la voix d'Erna qui parlait ainsi.

– Je ne le sais pas. Qui pourrait comprendre ses pensées ? Notre société ne lui convient pas ; ces messieurs lui sont visiblement antipathiques : probablement qu'il sent lui-même combien il s'accorde mal avec eux. C'est vraiment une honte que sa tenue, ses vêtements soient toujours chiffonnés, son col défait... Tu devrais l'avertir, lui dire d'être un peu plus soigné, au moins le soir, puisque, toi, il t'écoute. Et ce matin... j'ai cru que j'allais me cacher sous terre en entendant son algarade, quand le *tenente* lui demandait le porte-allumettes...

– Oui, maman... qu'est-ce que cela signifiait ?... Je voulais le questionner. Qu'est-ce que papa avait donc... ? Jamais je ne l'ai vu ainsi, je suis vraiment effrayée.

– Bah ! c'était de la mauvaise humeur. Probablement que les cours ont baissé, ou bien c'est parce que nous parlions français. Il ne peut pas supporter que d'autres soient contents. Tu ne l'as pas remarqué, tandis que nous dansions, il était sur le seuil de la porte, comme un meurtrier caché derrière un arbre. Partir ! partir immédiatement, et cela uniquement parce que, soudain, cette lubie lui est venue... S'il ne se plaît pas ici, ce n'est pas une raison pour nous priver de nos distractions ; mais peu importent ses caprices ; il peut dire et faire tout ce qu'il voudra.

La conversation s'arrêta. C'est que, sans doute, tout en parlant, elles avaient terminé leur toilette du dîner. En effet, la porte s'ouvrit, et maintenant elles sortaient de la chambre. Le contact électrique craqua et la lumière s'éteignit. Le vieil homme était assis, muet, sur le canapé. Il avait entendu chaque parole, mais, chose singulière, il ne ressentait plus aucune douleur. Ce qui, tout à l'heure, battait et le déchirait, cet atroce mouvement d'horlogerie était maintenant silencieux dans sa poitrine. Il s'était sans doute brisé. Rien ne tressaillait, en lui, sous l'effet de la conversation qu'il avait surprise inopinément…

Aucune colère, aucune haine… Rien… Rien… Il boutonna tranquillement ses vêtements, descendit avec précaution l'escalier et alla s'asseoir à la table où étaient les siens, comme si c'eût été des étrangers.

Ce soir-là il ne leur adressa pas la parole ; les deux femmes, de leur côté, ne remarquèrent pas ce silence, qui était hostile comme un poing fermé. Sans saluer, il regagna sa chambre, se mit au lit et éteignit la lumière. Ce n'est que beaucoup plus tard que sa femme revint d'une joyeuse causerie ; comme elle le supposait endormi, elle se déshabilla dans l'obscurité. Bientôt, il entendit son haleine lourde et régulière.

Le vieil homme, seul avec lui-même, fixait de ses yeux ouverts le vide illimité de la nuit. À côté de lui, quelque chose était couché dans l'ombre et respirait profondément ; il avait besoin d'un effort pour se rappeler que ce corps, qui buvait le même air de la même chambre que lui, était celui qu'il avait connu jeune et ardent, et qui lui avait donné un enfant, corps lié à lui par le mystère le plus profond du sang ; il était obligé de faire un effort toujours nouveau pour penser que cet être chaud et doux qui était à côté de lui et qu'il pouvait toucher de sa main avait été une vie dans sa vie. Mais, par un étrange phénomène, ce souvenir n'éveillait plus en lui aucun sentiment. Et le bruit de cette haleine ne se distinguait pas, pour lui, de celui que faisaient les petites vagues murmurantes qui claquaient en glougloutant contre les cailloux de la rive et qu'il entendait par la fenêtre ouverte. Tout cela était devenu, pour lui, lointain et insignifiant ; ce n'était plus que quelque chose d'adventice, de fortuit et d'étranger : c'était fini, fini pour toujours.

Pourtant, il tressaillit encore une fois : c'était la porte de la chambre de sa fille qui à côté s'ouvrait doucement et insidieusement.

« Elle recommence donc ! » Et il sentit une petite douleur brûlante et lancinante dans son cœur qu'il croyait déjà mort. Pendant une seconde, quelque chose vibra là comme un nerf avant de devenir tout à fait insensible. Et cela aussi passa bientôt :

« Elle peut faire ce qu'elle voudra ! En quoi me regarde-t-elle encore ? »

Et le vieil homme retomba sur son oreiller. L'obscurité caressait plus mollement ses tempes douloureuses et déjà une fraîcheur bleue s'insinuait bienfaisante dans son sang. Puis un léger sommeil noya dans l'ombre ses sens tout émoussés.

Lorsque, le lendemain matin, sa femme se réveilla, elle le vit déjà en pardessus et en chapeau.

– Que fais-tu là ? demanda-t-elle, encore tout assoupie.

Le vieil homme ne se détourna pas, il continua impassiblement de ranger dans sa valise ses vêtements de nuit.

– Tu le sais, je rentre chez nous. Je ne prends que l'indispensable ; le reste, vous pourrez me l'envoyer ensuite.

Sa femme fut saisie d'effroi. Qu'est-ce que cela signifiait ? Jamais elle ne lui avait entendu une voix pareille : chaque parole sortait glaciale et comme rigide entre ses dents. Elle se leva précipitamment en disant :

– Tu ne vas pas t'en aller ?... Attends... nous allons partir, nous aussi... Je l'ai déjà dit à Erna...

Mais il fit vivement de la tête un signe négatif :

– Non... Non... ne vous dérangez pas.

Et, sans regarder derrière lui, il se dirigea en tâtonnant

vers la porte. Pour presser la poignée, il lui fallut, un instant, poser sa valise sur le sol. Et, dans cette seconde toute vibrante, il se rappela que, mille fois, il avait ainsi posé à terre sa valise d'échantillons devant une porte étrangère, avant de sortir, en faisant au client une courbette empressée et en se recommandant servilement pour des ordres ultérieurs. Mais ici il n'avait plus d'affaire à solliciter ; aussi s'abstint-il de tout salut. Sans un regard, sans une parole, il reprit son sac de voyage et tira la porte comme une barrière sonore entre lui et sa vie passée.

La mère et la fille ne comprenaient pas ce qui s'était passé, mais ce que ce départ avait de brusqué et d'étrangement résolu les inquiétait toutes deux. Aussitôt, elles lui écrivirent des lettres avec d'abondantes explications, supposant qu'il y avait un malentendu, des lettres presque tendres ; elles lui demandaient avec sollicitude comment il avait fait le voyage, comment il était arrivé, se déclarant soudain d'accord avec lui et prêtes en tout temps à mettre fin à leur séjour. Il ne répondit pas. Elles écrivirent avec plus d'insistance ; elles télégraphièrent : aucune réponse ne vint. Seulement arriva de son bureau la somme qu'une de leurs lettres avait demandée : c'était un mandat-carte portant simplement le cachet de la firme, sans aucun mot, sans aucune salutation.

Une circonstance si inexplicable et si blessante les fit accélérer leur retour. Bien qu'elles eussent annoncé leur arrivée télégraphiquement, personne ne les attendait à la gare ; à la maison non plus, rien n'était préparé :

le vieil homme avait, comme les domestiques l'assurèrent, laissé distraitement la dépêche sur la table et il était parti sans donner aucune instruction.

Le soir, elles étaient déjà à table lorsqu'elles entendirent enfin s'ouvrir la porte de la maison : elles s'élancèrent au-devant de lui. Il les regarda avec étonnement : il était visible qu'il avait oublié la dépêche, mais, dans l'expression de son visage, ne se lisait aucun sentiment particulier ; il se laissa avec indifférence embrasser par sa fille et conduire à la salle à manger, où il les laissa parler, sans poser une seule question. Il fumait son cigare en silence, répondait parfois d'un mot sec, mais le plus souvent ne faisait pas attention à ce qu'on lui demandait, ni à ce qu'on disait : on aurait pu croire qu'il dormait les yeux ouverts. Puis il se leva lourdement et alla dans sa chambre ; il fit de même les jours suivants.

En vain, sa femme inquiète chercha à avoir avec lui un entretien, mais plus elle insistait plus il se dérobait. Quelque chose en lui s'était fermé, était devenu inaccessible, on eût dit que l'entrée de son âme avait été murée. Il continuait à manger avec elles, et, quand il y avait du monde, à rester là, assis, pendant un certain temps, plongé en lui-même. Mais il ne s'intéressait plus à rien, et quand, au milieu de la conversation, les autres regardaient par hasard dans ses yeux, ils éprouvaient un sentiment pénible, à voir son regard mort glisser sur eux sans avoir l'air de les apercevoir.

Même les personnes les plus étrangères remarquèrent la bizarrerie croissante du vieil homme. Déjà, les gens qui le connaissaient, lorsqu'ils le rencontraient dans la rue, commençaient à se toucher le coude secrètement : le vieillard, un des hommes les plus riches de la ville, passait là comme un mendiant, le long des murs, son chapeau de travers et tout cabossé, son paletot plein de cendres de cigare, vacillant presque à chaque pas, d'une étrange façon, et le plus souvent soliloquant à mi-voix. Si on le saluait, il levait un regard effrayé ; si on lui adressait la parole, il dévisageait fixement et comme sans comprendre celui qui lui parlait et il oubliait de lui tendre la main. D'abord certains pensèrent que le vieil homme était devenu sourd, et ils répétèrent leurs paroles d'une voix plus forte. Mais ce n'était pas le cas ; c'est qu'il lui fallait toujours un certain temps pour sortir du sommeil intérieur où il était plongé et, même en pleine conversation, il retombait encore dans sa singulière hébétude. Alors, brusquement, ses yeux s'éteignaient ; il rompait hâtivement l'entretien et il s'en allait en trébuchant, sans se rendre compte de la surprise de son interlocuteur. Il paraissait toujours être tiré d'un rêve obscur ou arraché à de nuageuses occupations qu'il avait avec lui-même : les hommes, on le voyait, n'existaient plus pour lui. Il ne demandait des nouvelles de personne. Et dans sa propre maison, il ne remarquait pas le morne désespoir de sa femme, ni les questions perplexes de sa fille. Il ne lisait aucun journal, ne prêtait l'oreille à aucune conversation ; pas une parole, pas une question ne venait, ne fût-ce qu'un instant, percer le triste voile d'indifférence qui couvrait son être. Même le monde qui l'intéressait le plus – son commerce – lui devint étranger.

Parfois, il venait encore s'asseoir à son bureau, apathiquement, pour signer des lettres. Mais lorsque, une heure après, son secrétaire arrivait pour prendre la correspondance, il trouvait le vieil homme exactement dans la position où il était quand il l'avait quitté, rêvant, avec le même regard vide, au-dessus des lettres qu'il n'avait par lues. Il finit par s'apercevoir lui-même de sa complète inutilité et il ne revint plus.

Mais la chose la plus singulière et qui étonna le plus toute la ville, c'est que le vieil homme, qui n'avait jamais fait partie des fidèles pratiquants de la paroisse, devint brusquement très pieux. Alors qu'il se montrait indifférent à tout et qu'il était toujours inexact soit à table, soit à ses rendez-vous, il ne manquait jamais de paraître au temple à l'heure ponctuelle : là, en calotte de soie noire et avec, sur ses épaules, le manteau de prière, il se tenait toujours à la même place, celle occupée autrefois par son père, et il balançait de droite à gauche sa tête basse, en psalmodiant. C'est là, dans cet espace à demi désert, où les paroles résonnaient étranges et sombres autour de lui, qu'il se trouvait le mieux, seul avec lui-même ; et une sorte de paix descendait alors sur son esprit troublé et correspondait, bienfaisante, aux ténèbres de sa propre poitrine. Mais si l'on récitait les prières des morts, et s'il voyait les parents, les enfants, les amis d'un défunt, dans l'émotion du devoir accompli et avec des inclinaisons toujours répétées, adjurer la clémence divine en faveur du trépassé, ses yeux s'obscurcissaient souvent : *il était le dernier, il le savait.* Personne ne dirait pour lui une prière. Et ainsi il murmurait pieusement avec les autres, mais, ce faisant, il pensait à lui-même comme à un mort.

Une fois, tard dans la soirée, alors qu'il revenait de quelque vague sortie, la pluie se mit à tomber. Le vieil homme avait oublié son parapluie, comme toujours. Pour peu d'argent, il aurait pu certes prendre une voiture, ou bien il eût pu s'abriter sous une porte cochère ou sous une marquise en attendant que l'averse fût passée ; mais cet homme étrange continua de marcher avec indifférence, sous la pluie, de son petit pas vacillant. Sur son chapeau tout cabossé se forma une mare, qui se mit à suinter, tandis que de ses manches dégouttantes de pluie coulait sous ses pieds un véritable ruisseau ; il n'y fit pas attention et trotta toujours, presque seul, dans la rue abandonnée. Et, tout mouillé et tout ruisselant, plus semblable à un vagabond qu'au propriétaire de cette imposante villa qui l'attendait, il atteignit l'entrée de sa maison, précisément au moment ou une automobile, projetant au loin devant elle son fuseau de lumière, s'arrêta à côté de lui, non sans faire jaillir, en reculant, une boue liquide sur le piéton inattentif.

La portière s'ouvrit vivement et, de la voiture éclairée à l'électricité, descendit rapidement sa femme, suivie d'un élégant visiteur, qui l'abrita sous son parapluie, puis d'un second monsieur ; juste devant la porte, ils se rencontrèrent. Sa femme le reconnut et elle fut effrayée de le voir ainsi, les vêtements dégouttants d'eau et ayant perdu toute forme, tel un paquet que l'on aurait sorti de la rivière. Involontairement, elle se détourna. Le vieil homme comprit aussitôt : elle avait honte de lui devant les visiteurs. Et, sans émotion, sans amertume aucune, pour lui épargner ce qu'aurait eu de pénible pour elle une présentation, il fit quelques pas de plus, comme un étranger, jusqu'à l'escalier de service, et il s'y engagea humblement.

À partir de ce jour, le vieil homme n'utilisa plus, dans sa propre maison, que l'escalier de service : là, il était certain de ne rencontrer personne et personne ne le gênerait. Il cessa également de se montrer à table ; une vieille servante lui apportait à manger dans sa chambre. Lorsque, parfois, sa femme ou sa fille essayait de pénétrer auprès de lui, il les repoussait en murmurant, avec des gestes embarrassés et pourtant impossibles à surmonter. Elles finirent par le laisser seul ; on perdit l'habitude de s'occuper de lui, et lui ne s'occupait plus en rien de ce qui se passait dans la maison. Souvent filtrait jusqu'à lui, à travers les cloisons, le bruit des rires et de la musique provenant des autres pièces qui lui étaient déjà étrangères ; il entendait au-dehors les voitures s'avancer devant la maison et s'en aller ensuite bruyamment, ce, jusqu'à une heure avancée de la nuit. Mais tout lui était si indifférent que jamais il ne regardait par la fenêtre. En quoi cela l'intéressait-il ? Seul le chien montait encore parfois auprès de lui et se couchait devant le lit de l'oublié.

Il n'y avait rien de douloureux dans son cœur mort. Mais, dans son corps, la noire taupe continuait de creuser et elle déchirait sanguinairement sa chair palpitante. Les crises se multipliaient de semaine en semaine : enfin, la torture devint si grande qu'il obéit aux instances de son médecin qui exigeait la consultation d'un spécialiste. Le professeur qui l'examina prit un air grave. Avec de prudents ménagements, il déclara qu'une opération était indispensable. Mais le vieil homme ne fut pas effrayé. Il ne fit que sourire tristement : Dieu soit loué ! maintenant, ç'allait être la fin, la fin de cette agonie. Maintenant arrivait la bonne solution, la mort. Il défendit au médecin d'en souffler mot à sa famille ; il se fit indiquer le jour et se prépara.

Une dernière fois, il alla à son bureau (où personne ne l'attendait plus et où tous le regardèrent comme un étranger). Il s'assit encore une fois sur son haut et vieux fauteuil de cuir noir où il avait passé, pendant trente ans, des milliers et des milliers d'heures ; il se fit donner un carnet de chèques et il remplit un des feuillets : il alla le porter ensuite au bourgmestre, qui fut presque épouvanté par le montant de la somme. Elle était destinée à des œuvres de bienfaisance et à son tombeau ; pour se dérober à tout remerciement, il s'empressa de s'en aller, en chancelant, et, ce faisant, il perdit son chapeau, mais il ne se baissa même pas pour le ramasser. Et, la tête nue, le regard triste dans son visage tout ridé et jauni par la maladie, il se rendit en trottinant (les gens le regardaient étonnés) au cimetière, sur la tombe de ses parents. Là, quelques oisifs s'étonnèrent de nouveau : il parla longtemps et tout bas avec les pierres à demi rongées, comme on parle avec les humains. Est-ce qu'il annonçait aux siens sa venue prochaine, ou bien demandait-il leur bénédiction ? Personne n'entendit les paroles qu'il prononçait : seules les lèvres s'agitaient en silence et sa tête branlante s'inclinait toujours plus profondément, tandis qu'il priait. À la sortie, les mendiants se précipitèrent vers celui qu'ils connaissaient bien ; il prit à la hâte dans ses poches de la monnaie et des billets de banque, et il avait déjà tout distribué lorsque vint encore une vieille femme toute ratatinée, qui avait été retardée par sa démarche clopinante et qui l'implora aussi. Tout troublé, il chercha partout et ne trouva rien. Mais, à son doigt, il sentit encore la pression d'un corps étranger et lourd : l'anneau de son mariage. Un souvenir passa sur lui ; il enleva hâtivement l'anneau et le donna à la femme stupéfaite.

Et ainsi, n'ayant plus rien à lui, dépouillé de tout et seul, le vieil homme alla sous le scalpel.

Lorsque le vieillard se réveilla une dernière fois de l'état de narcose où il était plongé, les médecins, voyant la gravité de la situation, firent venir sa femme et sa fille qui, entre-temps, avaient été mises au courant. L'œil souleva avec peine les paupières entourées d'une ombre bleuâtre.

– Où suis-je ? semblait-il dire, en regardant fixement la blancheur inconnue d'un local qu'il n'avait jamais vu.

Alors sa fille se pencha pour passer une main caressante sur le pauvre visage délabré ; et, soudain, la prunelle qui tâtonnait en aveugle eut un tressaillement, comme si elle reconnaissait la personne qu'il y avait là. Une lumière, une petite lumière monta dans la pupille. C'était elle, son enfant, cette enfant infiniment aimée, c'était elle, Erna, la tendre et belle enfant ! Lentement, très lentement, sa lèvre amère se desserra : un sourire, un tout petit sourire, dont cette bouche fermée n'avait plus depuis longtemps l'habitude, apparut timidement. Et, tout émue par cette joie pénible, Erna s'inclina davantage pour baiser la joue exsangue de son père.

Mais soudain, – était-ce le parfum douceâtre qui le fit se souvenir, ou bien le cerveau à demi engourdi se rappela-t-il le fatal moment qu'il avait oublié ? –, soudain un changement terrible se fit sur les traits qui, un instant auparavant, paraissaient si heureux. Les lèvres décolorées se resserrèrent brusquement, avec une furieuse hostilité, cependant que la main, sous la couverture, s'efforçait violemment de se soulever, comme pour chasser quelque chose d'importun, et que le corps blessé tremblait de colère.

– Arrière !... Arrière !... balbutia la lèvre pâle, comme un son inarticulé et pourtant intelligible.

Et la répulsion se manifestait si violemment dans les traits contractés du vieillard qui ne pouvait pas se défendre que le médecin, pris d'inquiétude, écarta les femmes.

– Il délire, murmura-t-il, et maintenant il vaut mieux que vous le laissiez seul.

À peine étaient-elles sorties que les traits convulsés se détendirent, inertes, dans un engourdissement inanimé. La respiration marchait encore sourdement, toujours plus profond était le râle de la poitrine qui cherchait à aspirer l'air lourd de la vie. Mais bientôt elle se fatigua d'absorber cette amère nourriture des hommes. Et, lorsque le médecin palpa le corps avec attention, le cœur détruit avait cessé de faire souffrir le vieil homme.

LA GOUVERNANTE

Les deux fillettes sont maintenant seules dans leur chambre. La lumière est éteinte. L'obscurité les entoure ; seuls leurs lits projettent une faible blancheur. La respiration des enfants est tout à fait légère, on pourrait croire qu'elles dorment.

– Écoute, dit alors une voix. C'est la cadette qui a douze ans, qui, doucement, peureusement presque, questionne dans l'ombre.

– Qu'est-ce qu'il y a ? répond sa sœur de l'autre lit. Elle n'a qu'un an de plus.

– Tu ne dors pas encore. C'est bien, je voudrais te raconter quelque chose...

Pas de réponse. Seulement, on entend un froissement dans le lit. L'enfant s'est dressée et regarde curieusement du côté de sa sœur. On peut voir briller ses yeux.

– Sais-tu ?... Je voulais te dire... Mais réponds-moi tout d'abord. Est-ce que rien ne t'a surprise, ces derniers jours, de la part de notre gouvernante ?

L'autre hésite et réfléchit :

– Si, dit-elle ensuite, mais je ne sais pas bien quoi... Elle n'est plus aussi sévère. Dernièrement, je n'ai pas fait de devoir pendant deux jours et elle ne m'a rien dit du tout. Et puis, elle est toute... je ne sais pas comment le dire. Je crois qu'elle ne s'intéresse plus du tout à nous; elle se met toujours à l'écart, et ne joue plus avec nous, comme autrefois.

– Je crois qu'elle est triste et ne veut pas le montrer. Elle ne fait plus jamais de piano non plus.

Le silence retombe entre les deux sœurs.

Alors l'aînée dit à l'autre :

– Tu voulais raconter quelque chose.

– Oui, mais il ne faut le dire à personne, vraiment, ni à maman, ni à ton amie.

– C'est entendu, entendu. Et déjà elle s'impatiente : Qu'est-ce que c'est donc?

– Eh bien! tout à l'heure, comme nous allions nous coucher, il m'est venu soudain à l'esprit que je n'avais pas souhaité la bonne nuit à Mademoiselle. J'avais déjà ôté mes bottines, mais, malgré cela, je suis allée dans sa chambre, et tu sais, tout à fait doucement pour la surprendre. J'ai donc ouvert la porte bien prudemment. Tout d'abord, j'ai cru qu'elle n'était pas là. La lumière brûlait, mais je ne la voyais pas. Soudain, je fus terriblement effrayée. J'entends quelqu'un pleurer et je vois aussitôt qu'elle est étendue sur son lit tout habillée, la tête dans les coussins. Elle sanglotait au point que j'en eus un saisissement. Mais elle ne m'a pas vue. Et alors, j'ai refermé la porte tout doucement. J'ai dû m'arrêter un moment, tellement je tremblais. Puis ce sanglot m'est parvenu une fois encore, bien distinctement à travers la porte, et je suis descendue vivement.

Toutes deux se taisent. Puis l'une d'elles dit tout bas : « Pauvre Mademoiselle ! » Le mot tremble à travers la chambre comme un son vague et perdu et expire bientôt dans le silence.

– Je voudrais savoir pourquoi elle a pleuré, reprend la plus jeune. Elle n'a cependant eu de dispute avec personne au cours de ces derniers jours ; maman la laisse enfin en paix avec ses éternelles tracasseries et nous, à coup sûr, nous ne lui avons rien fait, n'est-ce pas ? Pourquoi pleure-t-elle donc ainsi ?

– Je crois avoir trouvé, dit l'aînée.

– Pourquoi, dis-moi pourquoi ?

L'autre hésite. Enfin, elle dit :

– Je crois qu'elle est amoureuse.

– Amoureuse ? dit la cadette en tressaillant. Amoureuse ? Et de qui donc ?

– N'as-tu rien remarqué du tout ?

– Ce n'est pourtant pas d'Otto ?

– Tu crois ? Et lui, ne serait-il pas amoureux d'elle ? Pourquoi donc lui qui habite et étudie chez nous depuis déjà trois ans ne nous avait-il jamais accompagnées, alors que depuis quelques mois il est tout le temps avec nous ? A-t-il quelquefois été aimable envers toi ou moi avant l'arrivée chez nous de Mademoiselle ? À présent, il est toute la journée autour de nous. Constamment nous le rencontrons, par hasard – par hasard –, au jardin public, au parc municipal ou au Prater, partout où nous allons avec la gouvernante. Cela ne t'a-t-il jamais étonnée ?

Tout effrayée, la cadette balbutie :

– Si… si, naturellement, je l'ai remarqué, seulement j'avais toujours pensé que c'était…

La voix lui manque. Elle n'en dit pas plus.

– Je l'avais tout d'abord cru, moi aussi, fait l'aînée, nous sommes toujours, en effet, si bêtes nous, les filles. Mais j'ai malgré tout remarqué à temps que nous lui servions simplement de prétexte.

À présent, toutes deux se taisent. L'entretien semble terminé.

Elles sont plongées dans leurs pensées ou déjà dans les rêves du sommeil.

Alors, la plus petite, ne parvenant pas du tout à comprendre, dit encore une fois dans l'obscurité :

– Mais pourquoi pleure-t-elle donc ? Il l'aime pourtant. Et je me suis toujours imaginé que ce devait être si beau d'être amoureuse.

– Je ne sais pas, répond l'aînée, toute rêveuse ; je croyais, moi aussi, que ce devait être très beau.

Et doucement, plaintivement, comme un souffle, de lèvres déjà lourdes de sommeil s'échappe une fois encore :

« Pauvre Mademoiselle ! »

Puis le silence s'empare de la chambre.

Le lendemain matin, elles ne reparlent pas de cela, et pourtant chacune d'elles devine que les pensées de l'autre tournent autour du même sujet. Elles passent l'une à côté de l'autre, elles s'écartent, mais leurs regards se rencontrent involontairement, quand toutes deux observent la gouvernante à la dérobée. À table, elles considèrent avec attention Otto, leur cousin, qui vit à la maison depuis des années, comme si c'était un étranger.

Elles ne lui parlent pas; mais sous leurs paupières baissées elles louchent constamment pour voir s'il n'échange pas de signes avec leur gouvernante. L'inquiétude les tourmente. Contrairement à leur habitude, elles ne jouent pas aujourd'hui, et, dans leur désir nerveux de percer le mystère, elles font des choses inutiles et sans objet.

Le soir, l'une d'elles dit seulement, sur un ton froid, comme si cela lui était indifférent :

– As-tu encore remarqué quelque chose ?

– Non, répond sa sœur en se détournant.

Toutes deux ont comme une crainte de se parler. Cette muette observation, ce manège et cette recherche des deux enfants, qui, avec inquiétude, se sentent inconsciemment près d'un fulgurant mystère, continuent ainsi pendant quelques jours.

Enfin, l'une d'elles s'aperçoit, à table, que la gouvernante fait un léger signe des yeux à Otto. Il répond par un signe de tête. L'enfant tremble d'émotion. Elle palpe sous la table la main de son aînée. Comme celle-ci se tourne de son côté, elle braque sur elle des yeux étincelants. L'autre comprend aussitôt le geste et devient, elle aussi, très agitée.

À peine les enfants se sont-elles levées de table que la gouvernante leur dit :

– Allez dans votre chambre et occupez-vous un peu. J'ai mal à la tête et je désire me reposer une demi-heure.

Les petites baissent les yeux, elles se touchent prudemment des mains, comme pour s'avertir mutuellement. Et dès que la gouvernante est partie, la cadette bondit vers sa sœur :

– Écoute, tu vas voir qu'Otto va se rendre maintenant dans la chambre de Mademoiselle !

– Évidemment, puisque c'est pour cela qu'elle nous a dit d'aller dans la nôtre.

– Il faut que nous écoutions à la porte !

– Mais si quelqu'un vient ?

– Qui donc ?

– Maman.

La petite s'effraie :

– Eh bien ! alors...

– Sais-tu, moi, j'écouterai à la porte et toi, tu resteras dans le couloir et tu me feras signe si quelqu'un vient. De cette façon nous n'avons rien à craindre.

La petite fait la grimace :

– Mais, ensuite, tu me raconteras tout, n'est-ce pas ?

– Tout.

– Vraiment tout..., mais tout !

– Oui, je te donne ma parole, et tu tousseras si tu entends venir quelqu'un.

Elles attendent dans le couloir, tremblantes et excitées. Leur sang bat furieusement. Que va-t-il se passer ? Elles se pressent étroitement l'une contre l'autre.

On entend un pas, elles se sauvent et se réfugient dans l'obscurité. Effectivement, c'est Otto. Il saisit le loquet, la porte s'ouvre. Rapide comme une flèche, l'aînée s'élance derrière lui et se colle contre la porte, tendant l'oreille et retenant sa respiration. La cadette regarde vers elle avec regret.

La curiosité la brûle, l'arrache de la place qui lui a été assignée. Elle se glisse vers la porte, mais sa sœur la repousse avec colère. Elle attend alors de nouveau dans le couloir, durant deux à trois minutes, qui lui paraissent une éternité. L'impatience la rend fiévreuse, ses pieds s'agitent à droite et à gauche, comme si elle était sur un sol brûlant. Elle pleurerait presque d'énervement et de colère en songeant que sa sœur entend tout et elle rien. Alors, à côté, dans la troisième pièce, une porte se ferme. La fillette tousse, et toutes deux s'enfuient dans leur chambre. Là, elles sont un moment sans respiration et le cœur battant.

Puis, sur un ton pressant, la cadette, avide de savoir, s'écrie :

– Eh bien !... raconte-moi.

L'aînée prend un visage pensif. Enfin, toute distraite, comme si elle se parlait à elle-même, elle dit :

– Je ne comprends pas.

– Quoi ?

– C'est si étrange...

– Quoi, quoi ? fait la cadette en haletant.

À présent, sa sœur essaie de se rappeler. La petite se presse bien contre elle pour qu'aucun mot ne lui échappe.

– C'était tout à fait étrange... si entièrement différent de ce que je pensais. Je crois que quand il est entré dans la chambre il a voulu la prendre dans ses bras ou lui donner un baiser, car elle a dit : « Laisse-moi, j'ai à te parler de choses sérieuses. » Je n'ai pu rien voir, car la clé était sur la porte, à l'intérieur, mais j'ai entendu bien distinctement ce qui se disait. « Que se passe-t-il donc ? » a répondu Otto, mais sur un ton que je ne lui connaissais pas. Tu sais bien que d'habitude il aime à s'exprimer effrontément et bruyamment, néanmoins, il a dit ces mots si timidement que j'ai tout de suite deviné qu'il avait comme une crainte. Et elle aussi a dû remarquer que son attitude était mensongère, car elle s'est contentée de dire doucement : « Tu le sais bien – Non, je ne sais rien. – Ah ! a-t-elle fait alors, et cela avec un accent si triste, si terriblement triste. Et pourquoi donc t'éloignes-tu brusquement de moi ? Depuis huit jours, tu ne m'as pas dit un mot, tu t'écartes de moi chaque fois que tu le peux, tu n'accompagnes plus les enfants, tu ne viens plus au Parc. Te suis-je donc devenue tout à coup si étrangère ? Oh ! tu sais bien pourquoi tu t'es éloigné brusquement de moi. » Otto s'est tu, et puis il a dit : « Je suis maintenant à la veille des examens, j'ai beaucoup de travail, et je n'ai plus le temps de songer à autre chose. C'est absolument impossible pour le moment. » Alors, elle a commencé à pleurer ; ensuite, elle lui a dit, au milieu de ses larmes, mais avec tant de douceur et de bonté : « Otto, pourquoi mens-tu ? Dis donc la vérité ; je n'ai vraiment pas mérité que tu agisses ainsi à mon égard. Je ne t'ai rien demandé, mais il faut pourtant que nous parlions de la chose entre nous. Tu le sais bien, ce que j'ai à te dire ; je le vois dans tes yeux. – Quoi donc ? » a balbutié Otto, mais très, très faiblement. Et alors elle a dit...

Tout à coup, la fillette se met à trembler, et l'émotion l'empêche de poursuivre son récit. La cadette se presse contre elle plus étroitement encore :

– Quoi, quoi donc ?...

– Alors, la gouvernante a dit : « Tu sais bien que j'ai de toi un enfant. »

Avec la rapidité d'un éclair, la petite sursaute :

– Un enfant ! Un enfant ! Mais c'est impossible !

– Elle l'a pourtant dit.

– Tu dois avoir mal entendu.

– Non, non ! Et elle l'a répété. Et tout comme toi, il a sursauté et s'est écrié : « Un enfant !... » Longtemps, elle s'est tue ; ensuite, elle a dit : « Que va-t-il se passer à présent ?... » Et puis...

– Et puis ?

– Et puis, tu as toussé et j'ai dû m'enfuir.

La cadette regarde fixement devant elle, toute bouleversée :

– Un enfant ! C'est pourtant impossible. Où donc l'aurait-elle mis ?

– Je ne sais pas. C'est justement ce que je ne comprends pas.

– Peut-être à la maison, ou... avant de venir chez nous. Naturellement, maman ne lui a pas permis, à cause de nous, de le prendre avec elle.

– Allons donc, tu sais bien qu'alors elle ne connaissait pas encore Otto !

Elles se taisent à nouveau, perplexes et se creusant la tête, fort embarrassées. La pensée de l'enfant les tourmente. Et la cadette reprend encore :

– Un enfant ! C'est tout à fait impossible. Comment peut-elle avoir eu un enfant ? Elle n'est pas mariée, et seuls les gens mariés ont des enfants, je le sais fort bien.

– Peut-être était-elle mariée ?

– Ne sois donc pas si sotte ! Pas avec Otto, en tout cas.

– Comment alors ?...

Elles ne savent plus que penser et se regardent fixement.

– Pauvre Mademoiselle ! dit l'une d'elles, sur un ton de grande tristesse.

Cette parole revient toujours sur les lèvres des fillettes, avec un soupir de compassion. Et toujours la curiosité flamboie en elles, d'instant en instant.

– Je me demande si c'est une fille ou un garçon.

– Qui peut le savoir ?

– Qu'en dis-tu, si je la questionnais... tout, tout discrètement... ?

– Tu es folle !...

– Pourquoi ?... Elle est si bonne pour nous.

– Mais à quoi songes-tu ? Tu sais bien qu'à nous on

ne dit pas ces choses-là. On nous cache tout. Quand nous entrons dans le salon, la conversation cesse et l'on s'entretient avec nous de choses stupides, comme si nous étions de petits enfants, et j'ai pourtant déjà treize ans. Pourquoi veux-tu la questionner, puisque tu sais qu'on ne nous dit que des mensonges ?

– J'aurais tant voulu savoir…

– Et tu crois que moi je ne le voudrais pas ?

– Vois-tu, ce que je comprends le moins, en vérité, c'est qu'Otto n'en aurait rien su. On sait pourtant qu'on a un enfant, de même qu'on sait qu'on a des parents.

– Il a feint seulement, le coquin. Il dissimule toujours.

– Pas pour une chose semblable, cependant, ce n'est… ce n'est… que quand il veut nous en conter.

À ce moment, la gouvernante entre. Elles sont immédiatement silencieuses et ont l'air de travailler. Mais elles louchent de son côté. Ses yeux semblent rouges, sa voix un peu plus grave et un peu plus vibrante qu'à l'ordinaire. Les enfants gardent un mutisme absolu.

Elles lèvent soudain les yeux vers la gouvernante, avec une crainte respectueuse. « Elle a un enfant, ne peuvent-elles s'empêcher de penser constamment, c'est pourquoi elle est si triste. »

Et, petit à petit, elles le deviennent elles-mêmes.

Le lendemain, à table, une brusque nouvelle les attend. Otto quitte la maison. Il a déclaré à son oncle qu'il se trouvait à présent juste à la veille des examens, qu'il devait travailler d'une façon intense et qu'ici il était trop dérangé. Il allait se chercher une chambre quelque part, pour un ou deux mois, jusqu'à ce que tout fût passé.

Les deux enfants sont terriblement émues, en entendant cela. Elles voient là quelque rapport secret avec l'entretien de la veille ; elles devinent, avec leur instinct aiguisé, une lâcheté, une fuite. Quand Otto veut leur faire ses adieux, elles se montrent grossières et lui tournent le dos. Mais elles louchent de son côté, maintenant qu'il est devant la gouvernante. Un tressaillement apparaît sur les lèvres de celle-ci ; pourtant, elle lui tend tranquillement la main, sans dire un mot.

Les enfants sont devenues tout autres, au cours de ces quelques jours. Elles ont abandonné leurs jeux et perdu leur sourire ; leurs yeux n'ont plus leur ordinaire éclat de gaieté et d'insouciance. Elles sont en proie à l'inquiétude et à l'incertitude ; une méfiance sauvage les anime contre toutes les personnes de leur entourage.

Elles ne croient plus à ce qu'on leur dit ; elles flairent, derrière chaque mot, le mensonge et les arrière-pensées. Elles observent et espionnent tout le jour ; elles épient chaque mouvement, recueillent chaque tressaillement, chaque intonation. Elles se glissent partout comme des ombres, écoutent aux portes pour attraper un mot ; en elles se manifeste un furieux effort pour secouer, de leurs impatientes épaules, le sombre réseau de ces mystères, ou tout au moins pour jeter, à travers une maille, un regard dans le monde de la réalité. La foi enfantine, cette gaie et insouciante cécité, s'est détachée d'elles. Et puis elles pressentent que la lourde atmosphère engendrée par les événements fera éclater quelque nouveau fait sensationnel, et elles craignent de le laisser échapper. Depuis qu'elles savent que le mensonge les entoure, elles sont réticentes et méfiantes, astucieuses et menteuses. Près de leurs parents, elles se renferment dans une puérilité qui n'est que simulée, pour se livrer ensuite à une soudaine exubérance. Tout leur être n'est plus qu'inquiétude nerveuse ; leurs yeux, autrefois d'un éclat doux et léger, semblent devenus plus étincelants et plus profonds.

À épier et à espionner ainsi constamment, elles sont si désemparées que leur amour mutuel devient plus intime. Quelquefois, dans le sentiment de leur ignorance, elles s'embrassent soudain furieusement, ne faisant que céder avec exaltation à un besoin de tendresse qui, brusquement, déborde, ou bien elles éclatent en larmes. Sans cause apparente, leur vie subit une crise soudaine.

Parmi les nombreuses mortifications dont le sentiment ne fait que de s'éveiller en elles, il en est une surtout qu'elles éprouvent. Dans leur for intérieur, sans proférer un mot, elles se sont engagées à procurer le plus de joie possible à leur gouvernante, elle qui est si triste. Elles font leurs devoirs avec soin et application ; elles s'aident mutuellement, elles évitent de faire du bruit, ne donnent lieu à aucune critique et volent au-devant de chacun de ses désirs. Mais la gouvernante ne le remarque pas, et c'est cela qui leur fait si mal. Elle est devenue tout autre, ces derniers temps. Quelquefois, quand une des enfants lui parle, un sursaut l'agite, comme si l'on venait de l'arracher brusquement au sommeil. Et alors, il semble toujours que son regard revienne de quelque lointain horizon et qu'il cherche quelque chose. Souvent, elle est là assise, des heures entières, à regarder devant elle en rêvant. Alors, les fillettes marchent en glissant sur la pointe des pieds pour ne pas la déranger. Dans un sentiment vague et mystérieux, elles se disent qu'à présent elle pense à son enfant, à son enfant qui est là-bas au loin. Et des profondeurs de leur féminité, désormais éveillée, elles aiment de plus en plus la gouvernante qui est maintenant devenue si douce et si bonne. Sa démarche, autrefois vive et pétulante, est à présent plus calme ; ses mouvements sont plus circonspects, et, dans tout cela, les enfants devinent une tristesse secrète. Elles ne l'ont jamais vue pleurer, mais souvent ses paupières sont rouges. Elles remarquent que la gouvernante veut leur cacher sa douleur, et elles sont désespérées de ne pas pouvoir lui venir en aide.

Un jour qu'elle s'est tournée vers la fenêtre, et qu'elle passe un mouchoir sur ses yeux, la cadette prend soudain courage, lui saisit doucement la main, et lui dit :

– Mademoiselle, vous êtes si triste, tous ces derniers temps. Mais ce n'est pas nous qui en sommes cause, n'est-ce pas ?

La gouvernante la regarde avec émotion et glisse sa main sur la chevelure souple de la petite :

– Non, mon enfant, non, dit-elle. Ce n'est pas vous, certainement.

Et elle l'embrasse doucement sur le front.

Toujours observant et épiant, ne négligeant rien de ce qui touche le cercle de ses regards, une fois, en entrant subitement dans le salon, l'une d'elles a saisi un bout de conversation. Une phrase seulement, car les parents ont aussitôt arrêté l'entretien. Mais chaque mot à présent allume en elles mille suppositions.

« Moi aussi, quelque chose de semblable m'a déjà étonnée, disait la mère. Je l'interrogerai, dans ce cas. »

L'enfant a tout d'abord cru que cela se rapportait à elle, et, presque avec effroi, elle a couru auprès de sa sœur pour faire appel à ses conseils et à son aide. Mais, à midi, elles remarquent que les regards de leurs parents se fixent sur le visage distraitement rêveur de la gouvernante et se rencontrent ensuite.

Après le repas, la mère dit d'un ton léger à la gouvernante :

« Je vous prie de venir dans ma chambre, j'ai à vous parler. »

La gouvernante incline doucement la tête. Les enfants tremblent violemment ; elles devinent qu'à présent il va se passer quelque chose.

Et aussitôt que la gouvernante entre dans la chambre de leur mère, elles se précipitent derrière elle. Se coller ainsi aux portes, fouiller dans les coins, être aux écoutes, espionner, est devenu pour elles tout à fait naturel. Elles ne voient plus du tout ce qu'il y a là de laid et de risqué. Elles n'ont plus qu'une pensée : s'emparer de tous les secrets dont on voile leurs regards.

Elles écoutent. Mais elles n'entendent que le léger sifflement des mots qu'on chuchote. Un tremblement nerveux agite leur corps. Elles craignent que tout ne leur échappe.

Voici que dans la chambre une voix se fait plus distincte. C'est celle de leur mère. D'un ton hargneux et méchant, elle dit :

– Avez-vous cru que le monde est aveugle, qu'une chose pareille ne se voit pas ? J'imagine comment vous avez rempli votre devoir avec de telles pensées et une telle moralité. Et c'est à quelqu'un de semblable que j'ai confié l'éducation de mes enfants, de mes filles, que vous avez négligées, Dieu sait comment.

La gouvernante semble répliquer quelque chose. Mais elle parle trop bas pour que les enfants puissent comprendre.

– Des excuses, des excuses. Toute personne de mœurs légères a ses excuses. Ça se donne au premier venu et ça ne pense à rien ! Le Bon Dieu est là pour ça, n'est-ce pas ? Et une personne semblable veut être éducatrice, former des jeunes filles. C'est une effronterie. Vous ne croyez pourtant pas que je vais vous garder encore longtemps chez moi dans cet état ?

Dehors, les enfants tendent l'oreille. Un frisson parcourt leur corps. Elles ne comprennent pas tout cela, mais c'est terrible de leur mère, et, comme réponse, maintenant, les sanglots étouffés de la gouvernante. Les larmes coulent de ses yeux, mais leur mère ne semble qu'en être plus irritée :

– C'est tout ce que vous savez faire, pleurer à présent. Cela ne me touche pas. Je n'ai pas de compassion pour des gens comme vous. Ce qu'il adviendra de vous ne me regarde pas. À vous de savoir maintenant à qui vous adresser ; je n'ai pas à vous le demander. Tout ce que je sais, c'est que je ne peux pas tolérer un jour de plus dans ma maison quelqu'un qui néglige si honteusement son devoir.

On ne perçoit comme réponse qu'un sanglot désespéré, sauvage, et presque animal, qui, dehors, secoue les enfants comme un accès de fièvre. Jamais elles n'ont entendu pleurer de la sorte. Elles sentent obscurément que celle qui pleure ainsi ne peut pas avoir tort. À présent, leur mère se tait et attend. Puis soudain, elle lance durement : « C'est tout ce que je voulais vous dire. Préparez vos affaires dès aujourd'hui. Demain matin, venez prendre votre argent. Adieu. »

Les enfants quittent la porte en bondissant et se sauvent dans leur chambre. Que s'est-il donc passé ? Ç'a été pour elles comme un coup de tonnerre. Elles sont là, pâles et frissonnantes. Pour la première fois, elles soupçonnent quelque chose de la réalité. Et, pour la première fois aussi, elles osent éprouver contre leur mère un sentiment de révolte.

– C'est vilain de la part de maman de lui parler ainsi, dit l'aînée, les lèvres serrées.

Effrayée par un mot si téméraire, la plus petite balbutie plaintivement :

– Mais nous ne savons pas du tout ce qu'elle a fait.

– Rien de mal, pour sûr ; Mademoiselle ne peut avoir rien fait de mal. Maman ne la connaît pas.

– Et puis, comme elle a pleuré ! Cela m'a fait peur.

– Oui, c'était terrible. Mais aussi, comme maman a crié contre elle ! C'était vilain, je te le dis, c'était vilain !

Elle frappe du pied. Ses yeux sont voilés de larmes. À ce moment, la gouvernante entre. Elle a l'air fatigué.

– Mes enfants, j'ai à faire cet après-midi. Vous resterez seules ; je peux me reposer sur vous, n'est-ce pas ? Je viendrai ce soir voir si tout va bien.

Elle sort sans remarquer l'émotion des petites.

– As-tu vu ? Ses yeux étaient tout gonflés à force d'avoir pleuré. Je ne comprends pas que maman ait pu se conduire ainsi avec elle.

– Pauvre Mademoiselle !

Ces mots résonnent à nouveau, compatissants et désolés. Elles sont là, toutes troublées. Voici qu'arrive la mère qui leur demande si elles veulent venir avec elle se promener en voiture. Les enfants déclinent l'offre. Leur maman leur fait peur. Et puis, cela les révolte qu'on ne leur dise rien du renvoi de la gouvernante. Elles préfèrent rester seules. Comme deux hirondelles dans une cage étroite, elles vont et viennent, étouffant dans cette atmosphère de mensonge et de dissimulation. Elles se demandent si elles ne doivent pas aller trouver la gouvernante dans sa chambre et la questionner, parler avec elle de tout ce qui s'est passé, lui dire qu'elle doit rester et que leur maman a tort. Mais elles craignent de la blesser. Et puis elles ont honte : tout ce qu'elles savent, elles l'ont appris en écoutant aux portes et en épiant. Il faut qu'elles fassent semblant d'être bêtes, bêtes comme elles l'étaient encore il y a deux ou trois semaines. Elles restent ainsi seules un long et interminable après-midi, se creusant la tête et pleurant ; et toujours résonnent à leurs oreilles ces accents effrayants : la colère méchante et impitoyable de leur mère et les sanglots de la gouvernante.

Le soir, celle-ci vient les voir rapidement et leur souhaite la bonne nuit. Les fillettes tremblent quand elles la voient s'en aller ; elles aimeraient bien lui dire quelque chose. Mais à présent qu'elle est déjà à la porte, la gouvernante se retourne soudain encore une fois, comme rappelée par leur désir muet. Quelque chose brille dans ses yeux, humides et troubles. Elle embrasse les deux enfants qui se mettent à sangloter violemment, leur donne un dernier baiser, et puis elle sort hâtivement. Les petites sont là, debout, tout en pleurs. Elles sentent que c'était là un adieu.

– Nous ne la reverrons plus, dit l'une en pleurant. Crois-moi, demain, quand nous reviendrons de l'école, elle ne sera plus là.

– Peut-être, plus tard, pourrons-nous lui rendre visite. Alors elle nous montrera aussi son enfant, à coup sûr.

– Oui, elle est si bonne.

– « Pauvre Mademoiselle ! » C'est déjà un soupir sur son propre sort qu'exprime celle qui pousse cette exclamation.

– Peux-tu t'imaginer ce que ça va être pour nous, maintenant, sans elle ?

– Je ne pourrai jamais en souffrir une autre.

– Moi non plus.

– Aucune ne sera aussi bonne pour nous. Et puis...

Elle n'ose pas achever, mais un sentiment inconscient de la féminité les rend respectueuses à l'égard de la gouvernante depuis qu'elles savent qu'elle a un enfant. Toutes deux y pensent sans cesse, et maintenant déjà ce n'est plus avec la curiosité enfantine du début, mais avec la plus profonde émotion et la plus grande compassion.

– Écoute, dit l'une.

– Oui.

– Sais-tu, je voudrais faire plaisir une dernière fois à la gouvernante avant qu'elle ne s'en aille. Ainsi, elle saura que nous l'aimons et que nous ne sommes pas comme maman. Veux-tu ?

– Comment peux-tu me poser cette question ?

– Je me suis rappelé qu'elle aimait tant les roses blanches, et alors je pense, n'est-ce pas, que, demain matin, de bonne heure, avant d'aller à l'école, nous pourrions en acheter quelques-unes, que nous mettrions ensuite dans sa chambre.

– Mais quand les y déposerions-nous ?

– À midi.

– Elle sera sûrement déjà partie. Sais-tu, dans ce cas, je préfère descendre très tôt et aller vivement les chercher sans que personne ne le voie. Et nous les lui apporterons alors dans sa chambre.

– Oui, nous nous lèverons de très bonne heure.

Elles prennent chacune leur tirelire et en sortent tout l'argent qu'elles mettent loyalement ensemble...

Maintenant, elles sont redevenues plus gaies depuis qu'elles savent pouvoir donner encore à la gouvernante une preuve muette de leur attachement dévoué.

Elles se lèvent de grand matin. Comme elles frappent à la porte de la gouvernante, tenant dans leurs mains légèrement tremblantes les jolies roses épanouies qu'elles veulent lui offrir, personne ne répond. Elles croient que la gouvernante dort et entrent avec précaution. Mais la chambre est vide et le lit n'est pas défait.

Tout, autour d'elles, est épars, en désordre ; sur le tapis foncé de la table, quelques lettres jettent un faible éclat.

Les deux enfants s'effraient. Que s'est-il passé ?

– Je vais trouver maman, dit l'aînée, décidée.

Et, arrogante, les yeux sombres, sans aucune crainte, elle se plante devant sa mère et lui demande :

– Où est notre gouvernante ?

– Elle est sans doute dans sa chambre, dit la mère tout étonnée.

– La chambre est vide, le lit est intact. Elle doit être partie depuis hier soir. Pourquoi ne nous a-t-on rien dit ?

La mère ne remarque pas du tout le ton méchant,

provocant de l'enfant. Elle est devenue pâle et se rend près du père, qui se précipite dans la chambre de la gouvernante. Il tarde à revenir. La fillette observe sa mère – qui semble très émue – d'un regard fixe et plein d'irritation que les yeux de celle-ci n'osent pas soutenir en face.

Le père entre alors. Il a le visage tout blême et il tient une lettre à la main. Il va avec la mère dans le salon et, là, lui parle à voix basse. Les enfants se tiennent dehors et, subitement, n'osent plus écouter. Elles redoutent la colère de leur père qu'elles n'avaient jamais vu comme il est maintenant.

La mère, qui sort à présent du salon, a les yeux gonflés de larmes et elle regarde d'un air effaré. Les petites s'avancent à sa rencontre, inconsciemment, comme poussées par l'angoisse qui est en elles, et elles veulent encore la questionner. Mais elle leur dit durement : « Allez à l'école, il est déjà tard. » Et les fillettes sont obligées de partir. Elles sont là, assises comme en rêve pendant quatre ou cinq heures, parmi toutes les autres, et elles n'entendent aucun mot de ce qui est dit. Après la classe, elles rentrent précipitamment à la maison.

Là, tout est comme à l'ordinaire, sauf qu'une pensée terrible semble remplir l'esprit des gens. Personne ne parle, mais tous, même les serviteurs, ont des regards si singuliers ! La mère vient au-devant des enfants. Elle a l'air de s'être préparée à dire quelque chose. Elle commence : « Mes enfants, votre gouvernante ne reviendra plus, elle est... »

Mais elle n'ose achever. Les yeux des enfants sont si étincelants, ils percent les siens de façon si menaçante, si méchante, qu'elle n'ose pas leur dire un mensonge. Elle se détourne, fait quelque pas, s'enfuit dans sa chambre.

L'après-midi, Otto surgit soudain. On l'a appelé, il y avait une lettre à son nom. Lui aussi est pâle. Il regarde partout d'un air égaré. Personne ne lui adresse la parole. Tous s'écartent de lui. Il aperçoit alors les deux enfants tapies dans un coin et veut leur dire bonjour.

– Ne me touche pas, dit l'une, frissonnant de dégoût. Et l'autre crache devant lui.

Il erre encore un moment, gêné et confus. Puis il disparaît.

Personne ne parle aux enfants. Elles-mêmes n'échangent pas un mot. Pâles et troublées, désemparées, elles font le tour de l'appartement comme des bêtes en cage ; toujours elles se rencontrent, se regardent fixement, les yeux gonflés de larmes et ne disent pas une syllabe. À présent, elles savent tout. Elles savent qu'on leur a menti, que tous les gens peuvent être méchants et vils. Elles n'aiment plus leurs parents, elles ne croient plus en eux. Elles savent qu'elles ne pourront plus avoir confiance en personne et que, maintenant, tout le fardeau de cette monstrueuse vie va s'abattre sur leurs frêles épaules. De l'heureuse sérénité de leur enfance, elles sont comme précipitées dans un abîme. Elles ne peuvent pas encore comprendre l'horrible drame qui s'est joué autour d'elles, mais leur pensée fait des efforts inouïs pour y arriver et menace de les étouffer.

La fièvre empourpre leurs joues, elles ont un regard mauvais, courroucé.

Elles errent çà et là, comme glacées dans leur isolement. Personne, pas même leurs parents, n'ose leur parler, tellement elles regardent le monde méchamment ; leur incessant va-et-vient reflète l'agitation qui bout en elles. Et, sans qu'elles se parlent, une solidarité effrayante existe entre les deux enfants. Le silence, le silence impénétrable, inquestionnable, la douleur sourde, taciturne, sans cri, sans larme, les rend étrangères à tous et menaçantes. Personne ne les approche, le chemin qui conduit à leur âme est coupé, peut-être pour des années. Ce sont des ennemies – sentent tous ceux qui les entourent –, des ennemies décidées, qui ne peuvent plus pardonner, car depuis hier elles ont cessé d'être des enfants.

En cet après-midi, elles ont vieilli de plusieurs années. Et c'est seulement le soir, lorsqu'elles sont seules dans l'obscurité de la chambre, que se réveille la frayeur enfantine, la peur de la solitude, la peur des morts, et puis une peur mystérieuse de choses confuses. Dans l'agitation générale de la maison, on a oublié de chauffer la pièce. Frissonnantes, elles se glissent alors dans le même lit, s'enlacent fermement de leurs maigres bras d'enfants et pressent l'un contre l'autre leurs corps grêles, non encore formés, comme pour chercher une assistance contre la peur. Elles n'osent encore pas se parler. Mais, à présent, la cadette éclate enfin en larmes et l'aînée se met aussi à sangloter farouchement. Étroitement enlacées, elles pleurent, se baignent mutuellement le visage de larmes brûlantes qui tout d'abord coulent hésitantes, puis plus rapides, et, poitrine contre poitrine, l'une reçoit de l'autre le choc de son sanglot, qu'elle lui renvoie dans un frisson. Les deux enfants ne sont qu'une seule souffrance, un corps unique qui sanglote dans l'obscurité. Ce n'est plus la gouvernante qu'elles pleurent, ni leurs parents qui, maintenant, sont perdus pour elles; mais c'est une brusque horreur qui les secoue, la peur de tout ce qui pour elles va à présent sortir de ce monde inconnu dans lequel elles ont jeté aujourd'hui un premier regard plein d'effroi. Elles ont peur de la vie dans laquelle elles entrent maintenant, de la vie qui leur apparaît sombre et menaçante comme une forêt ténébreuse qu'elles seraient obligées de traverser. L'angoisse confuse qu'elles éprouvent devient toujours plus vague, touche presque au domaine du rêve, et, de plus en plus, leur sanglot s'affaiblit. Leurs deux haleines, à présent, se confondent, comme tout à l'heure se confondaient leurs larmes.

Et enfin elles s'endorment.

LE JEU DANGEREUX

(*Sommernovellette*)

J'ai passé le mois d'août de l'été dernier à Cadenabbia, un de ces petits endroits des bords du lac de Côme qui se cachent d'une manière si charmante entre des villas blanches et la sombre forêt.

Sans doute silencieuse et paisible, même pendant les journées plus animées du printemps, lorsque les voyageurs de Bellagio et de Menaggio répandent leurs essaims le long de l'étroit littoral, la petite ville, au cours de ces semaines de chaleur, était une solitude odorante et éclatante de soleil. L'hôtel était presque entièrement désert : quelques hôtes épars, dont chacun paraissait au voisin un phénomène pour avoir choisi comme villégiature d'été un endroit aussi perdu, s'étonnaient chaque matin de trouver encore leurs compagnons fidèles à leur poste. Quant à moi, ce qui m'étonnait surtout, c'était un monsieur d'un certain âge, très distingué et cultivé (le « type intermédiaire », eût-on dit, entre la correction de l'homme d'État anglais et le laisser-aller du viveur parisien), qui, sans pratiquer, pour se distraire, aucun genre de sport lacustre, passait ses journées à regarder pensivement la fumée des cigarettes se dissiper dans l'air, ou bien, de temps en temps, à feuilleter un livre. La solitude pesante de deux journées de pluie, ainsi que l'aménité de son accueil, donnèrent vite à nos relations un caractère de cordialité qui masquait presque entièrement la différence d'âge subsistant entre nous deux. Livonien de naissance, élevé en France et puis en Angleterre, n'ayant jamais exercé de profession et sans résidence fixe depuis des années, il était en quelque sorte sans patrie, à la noble façon de ces Vikings et pirates de la beauté qui, au cours de leurs excursions conquérantes, ont rassemblé en eux les trésors de toutes les villes. Il était familier avec tous les arts, à la manière d'un dilettante, mais le dédain qu'en homme de qualité il nourrissait pour la pratique de ces arts était plus fort que l'amour qu'il avait pour eux : il leur devait mille heures ravissantes, sans leur avoir voué un seul désir de création. Il vivait une de ces existences qui paraissent superflues, parce qu'elles ne sont enchaînées à aucune communauté, parce que toute la richesse que mille précieux événements ont accumulée en elles s'anéantit au moment de leur dernier souffle, sans laisser d'héritiers.

C'est de cela que je m'entretenais avec lui, un soir que, après le dîner, nous étions assis devant l'hôtel et que nous regardions la clarté du lac s'obscurcir lentement devant nos yeux. Il sourit : « Peut-être n'avez-vous pas tort, dit-il. Il est vrai que je ne crois pas aux souvenirs : les choses que nous vivons n'existent plus une seconde après que nous les avons vécues. Et la création artistique ne s'efface-t-elle pas également vingt, cinquante ou cent ans plus tard ? Mais je veux vous raconter aujourd'hui quelque chose qui, je le pense, ferait un joli roman. Venez ; en marchant, on parle mieux de ces choses-là. »

Nous longeâmes donc l'admirable chemin du littoral, ombragé par les éternels cyprès et par des marronniers touffus, entre les branches desquels le lac miroitait avec une légère agitation. Là-bas s'étendait le blanc nuage de Bellagio, doucement accentué par les couleurs mourantes du soleil déjà couché, et là-haut, tout là-haut, sur sa sombre colline, brillait comme un diamant serti par les rayons l'étincelante couronne des murs de la villa Serbelloni. La chaleur était un peu lourde, sans cependant être trop pesante ; comme un doux bras de femme, elle s'appuyait tendrement sur les ombres et mettait dans l'atmosphère le parfum d'invisibles floraisons.

Il commença : « Je vous ferai d'abord un aveu ; je ne vous ai pas dit jusqu'à présent que déjà l'année dernière j'étais ici, ici à Cadenabbia, à la même époque et dans le même hôtel. Cela peut vous étonner d'autant plus que, comme je vous l'ai raconté, j'ai toujours évité dans ma vie les répétitions. Mais, écoutez-moi. Naturellement, il y avait autant de solitude que maintenant. Il y avait, comme aujourd'hui, le monsieur de Milan qui toute la journée pêche des poissons pour, le soir, les remettre à l'eau et le lendemain matin les pêcher de nouveau. Il y avait deux vieilles Anglaises, à l'existence silencieuse et végétative à qui on faisait à peine attention. En outre, un joli jeune homme avec une charmante et pâle jeune fille, dont je ne puis pas croire encore qu'elle fût sa femme, parce qu'ils paraissaient s'aimer beaucoup trop passionnément. Enfin une famille allemande, des Allemands du Nord, du type le plus prononcé. Une dame d'un certain âge, osseuse et blonde comme un petit pain, avec des mouvements anguleux et affreux, avec de perçants yeux d'acier et une bouche forte et hargneuse, comme taillée au couteau. Avec elle se trouvait sa sœur, car c'étaient visiblement les mêmes traits, seulement fondus et atténués, devenus plus doux. Elles ne se quittaient pas et, pourtant, elles ne se parlaient jamais, continuellement penchées sur la broderie dans laquelle elles paraissaient ourdir tout le vide de leur cerveau, inexorables Parques d'un monde ennuyeux et borné. Et entre elles il y avait une adolescente d'environ seize ans, la fille de l'une d'elles, je ne sais de laquelle, dont l'aridité des traits, encore incomplètement formés, se mêlait déjà à une légère rondeur féminine.

« À la vérité, elle n'était pas jolie ; trop mince, trop peu développée, et, en outre, vêtue d'une façon naturellement malhabile, il y avait quand même quelque chose de touchant dans sa langueur naïve. Ses yeux étaient grands et, sans doute aussi, pleins d'une lumière sombre, mais ils se dérobaient toujours avec embarras, tandis que leur éclat se dissipait en lueurs vacillantes. Elle aussi arrivait toujours avec quelque ouvrage, mais ses mains restaient souvent presque inactives. Ses doigts s'endormaient et alors elle était là assise silencieusement, en laissant planer sur le lac un regard rêveur et immobile. Je ne sais ce qui dans ce tableau m'attacha si fortement. Fut-ce la pensée banale et pourtant presque irrésistible qui nous saisit lorsque nous voyons la mère fanée à côté de sa fille en fleur, lorsque nous voyons l'ombre derrière la réalité dont elle émane ? Fut-ce la pensée que dans chaque joue le pli est là qui attend en secret, comme dans le rire la lassitude et dans le rêve déjà la désillusion ? Ou bien était-ce ce désir sans objet, farouche et venant de naître, qui se trahissait partout dans l'adolescente, cette minute merveilleuse et unique dans la vie des jeunes filles où elles tournent vers l'univers leur regard avide, parce qu'elles n'ont pas encore la chose sans pareille à laquelle elles s'accrochent ensuite et à laquelle elles restent suspendues jusqu'à la fin, comme des algues enroulées à un bois flottant ? C'était pour moi infiniment émouvant que de l'observer, ce regard humide et rêveur, la façon sauvage et exaltée dont elle caressait chaque chien et chaque chat, d'observer cette agitation qui faisait qu'elle commençait différentes choses sans rien achever. Et puis cette ardente précipitation avec laquelle, le soir, elle faisait la chasse aux quelques misérables livres de la bibliothèque de l'hôtel, ou bien feuilletait les deux volumes de poésies, usés à force d'avoir été lus, qu'elle avait apportés avec elle : son Goethe et son Baumbach... Mais pourquoi souriez-vous ? »

Je fus obligé de m'excuser : « C'est simplement ce rapprochement, Goethe et Baumbach. »

« Ah ! oui. Naturellement, c'est comique. Et pourtant, d'un autre côté, cela ne l'est pas, croyez-moi. Il est tout à fait indifférent à des jeunes filles de cet âge-là de lire des poésies bonnes ou mauvaises, sincères ou artificielles.

Les vers sont seulement pour elles des coupes où abreuver leur soif et elles ne font pas attention à la qualité du vin qu'il y a dedans, car l'ivresse est déjà en elles avant qu'elles aient bu. Et ainsi cette jeune fille était si débordante de passion que celle-ci brillait dans ses yeux, elle faisait trembler la pointe de ses doigts au-dessus de la table et donnait à sa marche une allure particulière et maladroite ; cependant, c'était une sorte de balancement ailé entre l'envol et la crainte. On voyait qu'elle brûlait d'envie de parler avec quelqu'un, de livrer à quelqu'un un peu de sa plénitude, mais il n'y avait personne ; il n'y avait que la solitude et le bruit monotone des aiguilles à droite et à gauche, ainsi que les regards froids et pensifs des deux dames. Je fus pris d'une compassion infinie. Et, pourtant, je ne pouvais pas m'approcher d'elle, car, en premier lieu, qu'est un homme âgé pour une jeune fille qui se trouve dans cet état d'âme ? Et ensuite l'horreur que j'avais de nouer des relations avec des familles, et surtout avec de vieilles dames de la bourgeoisie, excluait toute possibilité de le faire. Alors, j'eus recours à un moyen singulier. Je pensai : Voici une jeune fille novice et inexpérimentée, qui est sans doute pour la première fois en Italie et qui voit dans l'Allemagne – grâce à l'Anglais Shakespeare, qui n'y est jamais allé – le pays de l'amour romantique, des Roméos, des aventures mystérieuses, des éventails qu'on laisse tomber sur le parquet, des poignards étincelants, des masques, des duègnes et des lettres de tendresse. Certainement, elle rêve d'aventures, et qui peut connaître les rêves des jeunes filles – ces nuées blanches et flottantes qui vont sans but dans le bleu et qui, semblables à celles du ciel, s'embrasent toujours vers le soir de couleurs plus ardentes, d'abord de rose et puis d'un rouge enflammé ? Ici, rien ne lui semblera invraisemblable ou impossible. C'est pourquoi je résolus de lui inventer un mystérieux amoureux et, le soir même, j'écrivis une longue lettre pleine de tendresse humble et respectueuse, d'allusions singulières, et sans aucune signature. Une lettre qui ne demandait rien, qui ne promettait rien, à la fois exaltée et réservée, bref, une lettre d'amour romantique, comme on en voit dans la poésie. Et, comme je savais que, quotidiennement, poussée par son agitation, elle était toujours la première à paraître au déjeuner, je glissai cette lettre dans sa serviette.

« Le lendemain arriva ; je l'observai du jardin, je vis sa surprise incrédule, son effroi soudain ; je vis la rouge flamme qui jaillit sur ses joues pâles et qui rapidement se propagea jusqu'à sa gorge. Je vis les regards perplexes qu'elle jetait autour d'elle, son frémissement, le mouvement furtif avec lequel elle cacha la lettre, et puis je la vis s'asseoir, nerveuse et agitée, touchant à peine au déjeuner et se levant aussitôt pour aller n'importe où, dans les couloirs ombreux et déserts, déchiffrer l'écrit mystérieux... Vous vouliez dire quelque chose ? »

Malgré moi, j'avais fait un mouvement, que je fus, par conséquent, obligé d'expliquer : « Je trouve cela très risqué, dis-je. N'avez-vous pas songé qu'elle pourrait faire des recherches, ou tout au moins demander au garçon comment la lettre était venue dans sa serviette ? Ou bien encore la montrer à sa mère ? »

« Naturellement, j'y ai songé. Mais, si vous aviez vu la jeune fille, cette chère créature timide et effarouchée, qui regardait toujours peureusement autour d'elle lorsqu'on parlait d'une voix un peu plus haute, vous n'auriez plus eu aucune crainte à cet égard. Il y a des jeunes filles dont la pudeur est si grande qu'avec elles vous pouvez oser tout ce que vous voudrez, parce qu'elles sont absolument désemparées et qu'elles préfèrent souffrir le pire plutôt que d'en dire un seul mot à autrui.

« Je la regardais en souriant et en me réjouissant de la manière dont mon jeu avait réussi. Voici qu'elle revint et je sentis brusquement le sang affluer à mes tempes, car la jeune fille que je voyais là était devenue tout autre et avait une tout autre allure. Elle s'approchait d'un pas inquiet et troublé ; une vague de chaleur s'était répandue sur son visage, et un doux embarras la rendait maladroite. Il en fut ainsi pendant toute la journée. Son regard volait vers chaque fenêtre, comme s'il eût pu y découvrir le grand secret ; il dévisageait chaque passant et une fois il tomba sur moi aussi, qui l'évitai prudemment pour ne pas me trahir par un clignement de mes yeux ; mais, dans cette seconde rapide comme l'éclair, j'avais senti une interrogation si enflammée que j'en fus presque effrayé. Et, ce qui ne m'était pas arrivé depuis des années, j'éprouvai de nouveau qu'aucune volupté n'est plus dangereuse, plus attirante et plus perverse que celle qu'on ressent en faisant jaillir cette première étincelle dans les yeux d'une jeune fille. Je la vis ensuite, assise entre les deux vieilles dames, les doigts endormis, et je m'apercevais que parfois elle portait rapidement les mains à un endroit de son vêtement, où, j'en étais sûr, elle tenait la lettre cachée.

« Le jeu m'excita, et, le soir même, j'écrivis une seconde lettre, et ainsi de suite les jours d'après ; c'était pour moi un attrait particulier et tout à fait émouvant que de matérialiser dans mes lettres les impressions d'un jeune homme amoureux, d'inventer l'exaltation d'une passion qui était feinte ; cela devint pour moi un sport captivant, comme c'est sans doute le cas pour les chasseurs lorsqu'ils tendent leurs pièges, ou qu'ils attirent le gibier devant le canon de leur fusil. Et mon propre succès était si ineffable, et même presque si effrayant pour moi, que je songeais déjà à m'arrêter et que je l'aurais fait, si la tentation ne m'eût attaché si ardemment au jeu commencé. Une légèreté, un trouble violent comme celui que produit la danse transformèrent sa démarche ; une beauté spéciale et fiévreuse recouvrit brusquement ses traits ; son sommeil se passait sans doute à attendre, sans pouvoir dormir, la lettre du lendemain, car ses yeux étaient au matin noyés dans une ombre obscure et leur feu était plein d'instabilité.

« Elle commença de veiller à sa toilette ; elle mit des fleurs dans ses cheveux ; une merveilleuse tendresse à l'égard de toute chose spiritualisa ses mains ; une interrogation continuelle se lisait dans son regard ; car elle sentait, à mille détails que je disséminais dans mes lettres, que l'auteur devait être près d'elle, comme un Ariel, remplissant les airs de sa musique, qui plane tout près de là, épiant les actes les plus secrets, et pourtant rendu invisible par sa propre volonté. Elle devint si gaie que cette transformation ne passa pas inaperçue même des deux dames figées dans leurs habitudes, car, parfois, avec une curiosité débonnaire, elles portaient leurs regards sur la silhouette de la jeune fille, qui accourait vers elles, et sur ses joues épanouies, pour ensuite se regarder elles-mêmes avec un sourire furtif. Sa voix devenait plus sonore, plus haute, plus claire, plus hardie… et dans son gosier frémissaient souvent un tressaillement et un gonflement, comme si un chant allait soudain en surgir en trilles d'allégresse, comme si… Mais voici que vous souriez de nouveau.

« Non, non, je vous en prie, continuez votre récit. »

« Donc, la marionnette dansait et c'était moi qui tirais les ficelles d'une main savante. Pour écarter de moi tout soupçon (car, parfois, je sentais que son regard inquisiteur cherchait à pénétrer le mien), je lui avais donné à comprendre que l'auteur des lettres n'habitait pas ici, mais dans une des stations voisines, et qu'il venait chaque jour, en canot ou bien avec le vapeur ; et désormais, je la voyais, lorsque sonnait la cloche du bateau allant accoster, échapper toujours, sous un prétexte quelconque, à la surveillance maternelle, se précipiter, et, d'un coin de l'appontement, examiner les nouveaux venus, en retenant son souffle.

« Or, un jour (c'était un triste après-midi et je n'avais trouvé rien de mieux à faire que de l'observer), quelque chose de très étrange se produisit.

« Parmi les passagers, il y avait un joli jeune homme, vêtu avec cette élégance extravagante des jeunes Italiens, et, comme il examinait l'endroit, le regard désespérément chercheur, interrogateur et passionné de la jeune fille fille tomba en plein dans ses yeux. Et aussitôt la rougeur de la honte envahit le visage de l'adolescente, noyant farouchement son léger sourire. Le jeune homme fut d'abord surpris, puis il devint attentif (comme c'est facile à comprendre, lorsqu'on capte un regard aussi ardent, plein de mille choses secrètes), sourit et chercha à la suivre. Elle s'enfuit, s'arrêta, certaine que c'était là celui qu'elle cherchait depuis longtemps, puis continua sa marche précipitée et cependant se retourna encore ; c'était ce jeu éternel entre le désir et la crainte, entre la passion et la honte, ce jeu où, malgré tout, la tendre faiblesse est toujours la plus forte. Lui, visiblement encouragé bien que surpris, courut derrière elle, et il l'avait déjà presque atteinte, de sorte que je craignais que tout ne devînt un inquiétant chaos, lorsque les deux dames apparurent le long du chemin. La jeune fille prit vers elles son élan, comme un oiseau effarouché, et le jeune homme se retira prudemment, mais, tandis qu'ils se retournaient, leurs regards se rencontrèrent pour se plonger fiévreusement l'un dans l'autre.

« Cet incident me fit songer d'abord à mettre un terme à ce jeu. Mais la tentation était trop forte et je résolus de profiter de cet événement comme d'un auxiliaire bienvenu ; le soir même, je lui écrivis une lettre d'une longueur extraordinaire, destinée à confirmer sa supposition. J'étais excité par l'idée de faire agir maintenant deux personnages.

« Le lendemain matin, je fus effrayé par le bouleversement frémissant de ses traits. La belle inquiétude avait fait place à une nervosité incompréhensible ; ses yeux étaient humides et rougis, comme si elle eût pleuré ;

la douleur semblait pénétrer le plus profond de son être ; tout son silence paraissait vouloir aboutir à un cri sauvage. Son front était sombre ; il y avait dans ses regards un désespoir d'une âpreté lugubre, tandis que, précisément, je m'attendais à la voir s'épanouir de joie. La crainte me saisit. Pour la première fois, quelque chose d'étranger intervenait ; la marionnette n'obéissait pas et dansait autrement que je ne l'aurais voulu. Je cherchais ce qui pouvait bien s'être passé et je ne trouvais rien. Je commençais à avoir peur de mon propre jeu, et je ne revins pas à l'hôtel avant le soir, pour échapper à l'accusation qui se lisait dans ses yeux. Lorsque je rentrai, je compris tout : la table n'était plus mise, la famille était partie. La jeune fille avait été obligée de s'en aller sans pouvoir dire un mot à l'être aimé et il ne lui était pas permis de révéler aux siens combien son cœur aurait voulu rester un jour, une heure de plus. Elle avait été entraînée loin d'un tendre rêve, vers l'impitoyable banalité d'une petite ville quelconque. Je n'avais pas songé à cela. Et, maintenant encore, ce dernier regard, cette puissance effrayante de colère, de tourment, de désespoir et de souffrance la plus amère, que j'avais introduite (qui sait jusqu'à quelle profondeur ?) dans sa vie, est pour moi comme une accusation. »

Il se tut. La nuit avait marché tout comme nous, et de la lune, que masquaient des nuages, tombait une lumière aux étranges vacillations. Entre les arbres paraissaient suspendues des étincelles et des étoiles, ainsi que la blême surface du lac. Nous marchions sans rien dire. Enfin, mon compagnon rompit le silence.

– Voilà toute l'histoire. Ne pourrait-elle pas former un roman ?

– Je ne sais pas. En tout cas, c'est une histoire dont je garderai le souvenir et que je joindrai à celles dont je vous suis déjà redevable. Mais un roman ?... C'est peut-être un beau point de départ, capable de me séduire. Car ces personnes-là, nous ne faisons que les effleurer, nous ne les connaissons pas complètement ; ce n'est là que le début de leur destinée, mais non une destinée entière. Il faudrait achever l'esquisse que nous en avons.

– Je comprends ce que vous voulez dire. La vie de la jeune fille, le retour dans la petite ville, le tragique affreux de la quotidienneté...

– Non, ce n'est pas absolument cela. La jeune fille ne m'intéresse plus du tout. Les jeunes filles sont toujours peu intéressantes, malgré la haute idée qu'elles peuvent avoir d'elles-mêmes, parce que tous les événements qui leur arrivent ne sont que négatifs et, par conséquent, trop semblables entre eux. La jeune fille qui est dans un cas pareil épouse, lorsque son heure est venue, le brave bourgeois de sa petite ville, et l'aventure en question reste la fleur de ses souvenirs. La jeune fille ne m'intéresse plus du tout.

– C'est étrange. À mon tour, je ne sais pas ce que vous pouvez trouver de spécial chez le jeune homme. Chacun de nous dans sa jeunesse a connu de pareils regards, ce même feu a été projeté sur nous ; seulement, la plupart n'en font pas cas, et les autres n'y pensent bientôt plus. Il faut être vieux pour savoir que précisément c'est peut-être là ce qu'il y a de plus noble et de plus profond dans ce que nous donne la vie, et que c'est le privilège de la jeunesse.

– Ce n'est pas non plus le jeune homme qui m'intéresse.

– Alors ?

– Je modèlerais un peu le vieux monsieur, l'auteur des lettres, et j'achèverais l'esquisse que vous en avez faite. Je crois qu'à aucun âge on n'écrit impunément des lettres enflammées, ni qu'on n'affecte sans danger les sentiments de l'amour. J'essaierais de montrer comment le jeu devient sérieux, comme le personnage s'imagine être le maître du jeu, alors que c'est le jeu qui déjà est maître de lui. La naissante beauté de la jeune fille, qu'il croit ne voir qu'en simple observateur, l'excite et l'émeut profondément, et le moment où, soudain, tout lui échappe fait naître en lui un désir spontané du jeu et du jouet. Je serais vivement captivé par cette conversion à l'amour qui probablement rend la passion d'un homme âgé très semblable à celle d'un enfant, parce que tous deux ne se sentent pas pourvus de moyens normaux. J'introduirais dans l'âme de mon personnage l'anxiété et l'attente. Je le ferais devenir inquiet ; il partirait à la recherche de la jeune fille et, cependant, au dernier moment, il n'oserait pas l'approcher ; je supposerais qu'il revient dans le même endroit, au bord du lac, dans l'espoir de la revoir, dans l'espoir de conjurer le destin, qui est toujours cruel. C'est dans ce sens que je m'imaginerais le roman et il serait alors…

–… Mensonger, faux, impossible.

J'eus un sursaut de frayeur. Cette voix coupait mes paroles avec dureté, avec un frémissement rauque et un ton presque menaçant. Jamais je n'avais vu chez mon compagnon une pareille excitation. Je compris aussitôt quel était le point sensible que j'avais touché sans y prendre garde et, comme il s'arrêta brusquement, je vis avec une pénible émotion luire ses cheveux blancs.

Je voulais porter tout de suite la conversation sur un autre terrain, mais voici qu'il la reprenait déjà, et maintenant avec tout son cœur, avec une sombre douceur, ayant retrouvé sa voix paisible et profonde, dans laquelle passait une belle nuance de légère mélancolie :

– Ou plutôt, il se peut que vous ayez raison. En effet, c'est beaucoup plus intéressant ainsi.

« Une des histoires les plus touchantes de Balzac est, je crois, intitulée : *Ce que l'amour coûte aux vieillards :* on pourrait encore en écrire beaucoup sous ce titre-là. Mais les gens âgés, qui connaissent le fond des choses, n'aiment à parler que de leurs succès et non pas de leurs faiblesses. Ils craignent d'être ridicules, dans des affaires qui pourtant ne sont, en quelque sorte, que l'oscillation de l'éternité. Peut-on croire réellement à l'intervention du hasard dans le fait que précisément « sont perdus » les chapitres des *Mémoires* de Casanova où il est question de sa vieillesse, où le coq devient cocu et le trompeur trompé ? C'est peut-être simplement que sa main était devenue trop lourde et son cœur trop étroit. »

Il me tendit la main, sa voix était maintenant de nouveau tout à fait calme, bien assurée, et sans émotion.

– Bonne nuit, fit-il. Je vois qu'il est dangereux de

raconter aux jeunes gens des histoires pendant les nuits d'été. Cela donne facilement de folles pensées et toutes sortes de rêves inutiles. Bonne nuit.

Il s'en alla de son pas élastique, mais, malgré tout, ralenti par les années, et disparut dans l'obscurité. Il était déjà tard, mais la fatigue qui d'habitude me saisissait de bonne heure, à cause de la chaleur des nuits pleines de mollesse, était ce jour-là tenue à l'écart par cette agitation qui bourdonne dans notre sang lorsque nous arrive quelque chose d'étrange ou bien que pour un moment nous faisons nôtre l'âme d'autrui. Aussi je suivis le chemin obscur et silencieux conduisant à la villa Carlotta, qui plonge son escalier de marbre jusque dans le lac et je m'assis sur ses frais degrés. La nuit était merveilleuse. Les lumières de Bellagio qui, d'abord, étincelaient toutes proches, comme des coléoptères, entre les arbres, paraissaient maintenant se trouver infiniment loin, de l'autre côté de l'eau, et elles retombaient lentement, l'une après l'autre, dans les lourdes ténèbres. Le lac était muet, il luisait comme un noir joyau, mais un joyau dont les arêtes jetaient des feux confus. Et, comme de blanches mains sur des touches claires, les ondes clapotantes baignaient, tantôt se soulevant et tantôt s'affaissant, les degrés de marbre avec un léger murmure. Les blêmes lointains du ciel, où étincelaient mille lumières, semblaient infiniment hauts ; les étoiles étaient là paisibles, dans leur scintillement silencieux ; seulement parfois l'une d'elles se détachait brusquement de la ronde adamantine et se précipitait dans la nuit d'été. Elle se précipitait dans l'obscurité, peu importe que ce fût dans des vallées, des abîmes, des montagnes ou des eaux lointaines, sans savoir où elle allait et poussée par une force aveugle, comme une vie projetée subitement dans la profondeur de destins inconnus.

Table

DU MÊME AUTEUR
aux éditions Belfond

La guérison par l'esprit, 1982.

Le combat avec le démon, 1983.

Trois poetes de leur vie, 1993.

Ivresse de la metamorphose, 1984.

Emile Verhaeren, 1985.

Journaux 1912-1940, 1986.

Trois Maîtres, 1988.

Les Très Riches Heures de l'humanité, 1989.

L'amour d'Erica Ewald, 1990.

Amerigo. Recit d'une erreur historique, 1992.

Clarissa, 1992.

Un mariage a Lyon, 1992.

Le Monde d'hier. Souvenirs d'un Européen, 1993.

Wondrak, 1994.

Le Livre de Poche Biblio

Extrait du catalogue

Sherwood ANDERSON
Pauvre Blanc

Guillaume APOLLINAIRE
L'Hérésiarque et Cie

Miguel Angel ASTURIAS
Le Pape vert

Djuna BARNES
La Passion

Adolfo BIOY CASARES
Journal de la guerre au cochon

Karen BLIXEN
Sept contes gothiques

Mikhail BOULGAKOV
La Garde blanche
Le Maître et Marguerite
J'ai tué
Les Œufs fatidiques

Ivan BOUNINE
Les Allées sombres

André BRETON
Anthologie de l'humour noir
Arcane 17

Erskine CALDWELL
Les Braves Gens du Tennessee

Italo CALVINO
Le Vicomte pourfendu

Elias CANETTI
Histoire d'une jeunesse (1905-1921) - *La langue sauvée*
Histoire d'une vie (1921-1931) - *Le flambeau dans l'oreille*
Histoire d'une vie (1931-1937) - *Jeux de regard*
Les Voix de Marrakech

Raymond CARVER
Les Vitamines du bonheur
Parlez-moi d'amour
Tais-toi, je t'en prie

Camillo José CELA
Le Joli Crime du carabinier

Blaise CENDRARS
Rhum

Varlam CHALAMOV
La Nuit
Quai de l'enfer

Jacques CHARDONNE
Les Destinées sentimentales
L'Amour c'est beaucoup plus que l'amour

Jerome CHARYN
Frog

Bruce CHATWIN
Le Chant des pistes

Hugo CLAUS
Honte

Carlo COCCIOLI
Le Ciel et la Terre
Le Caillou blanc

Jean COCTEAU
La Difficulté d'être

Cyril CONNOLLY
Le Tombeau de Palinure

Joseph CONRAD
A Set of Six

Joseph CONRAD et Ford MADOX FORD
L'Aventure

René CREVEL
La Mort difficile
Mon corps et moi

Alfred DÖBLIN
Le Tigre bleu
L'Empoisonnement

Lawrence DURRELL
Cefalù
Vénus et la mer
L'Ile de Prospero
Citrons acides

Friedrich DÜRRENMATT
La Panne
La Visite de la vieille dame
La Mission

J.G. FARRELL
Le Siège de Krishnapur

Paula FOX
Pauvre Georges!
Personnages désespérés

Jean GIONO
Mort d'un personnage
Le Serpent d'étoiles
Triomphe de la vie
Les Vraies Richesses

Jean GIRAUDOUX
Combat avec l'ange
Choix des élues

Vassili GROSSMAN
Tout passe

Lars GUSTAFSSON
La Mort d'un apiculteur

Knut HAMSUN
La Faim
Esclaves de l'amour
Mystères
Victoria
Sous l'étoile d'automne

Hermann HESSE
Rosshalde
L'Enfance d'un magicien
Le Dernier Été de Klingsor
Peter Camenzind
Le Poète chinois
Souvenirs d'un Européen
Le Voyage d'Orient
La Conversion de Casanova

Bohumil HRABAL
Moi qui ai servi le roi d'Angleterre
Les Palabreurs
Tendre Barbare

Yasushi INOUÉ
Le Fusil de chasse
Le Faussaire

Henry JAMES
Roderick Hudson
La Coupe d'or
Le Tour d'écrou

Ernst JÜNGER
Orages d'acier
Jardins et routes
(Journal I, 1939-1940)
Premier journal parisien
(Journal II, 1941-1943)
Second journal parisien
(Journal III, 1943-1945)
La Cabane dans la vigne
(Journal IV, 1945-1948)
Héliopolis
Abeilles de verre

Ismail KADARÉ
Avril brisé
Qui a ramené Doruntine?
Le Général de l'armée morte
Invitation à un concert officiel
La Niche de la honte
L'Année noire
Le Palais des rêves

Franz KAFKA
Journal

Yasunari KAWABATA
Les Belles Endormies
Pays de neige
La Danseuse d'Izu
Le Lac
Kyôto
Le Grondement de la montagne
Le Maître ou le tournoi de go
Chronique d'Asakusa
Les Servantes d'auberge

Abé KÔBÔ
La Femme des sables
Le Plan déchiqueté

Andrzeij KUSNIEWICZ
L'État d'apesanteur

Pär LAGERKVIST
Barabbas

LAO SHE
Le Pousse-pousse
Un fils tombé du ciel

D.H. LAWRENCE
Le Serpent à plumes

Primo LEVI
Lilith
Le Fabricant de miroirs

Sinclair LEWIS
Babbitt

LUXUN
Histoire d'AQ : Véridique biographie

Carson McCULLERS
Le cœur est un chasseur solitaire
Reflets dans un œil d'or
La Ballade du café triste
L'Horloge sans aiguilles
Frankie Addams
Le Cœur hypothéqué

Naguib MAHFOUZ
Impasse des deux palais
Le Palais du désir
Le Jardin du passé

Thomas MANN
Le Docteur Faustus
Les Buddenbrook

Katherine MANSFIELD
La Journée de Mr. Reginald Peacock

Henry MILLER
Un diable au paradis
Le Colosse de Maroussi
Max et les phagocytes

Paul MORAND
La Route des Indes
Bains de mer
East India and Company

Vladimir NABOKOV
Ada ou l'ardeur

Anaïs NIN
Journal 1 - *1931-1934*
Journal 2 - *1934-1939*
Journal 3 - *1939-1944*
Journal 4 - *1944-1947*

Joyce Carol OATES
Le Pays des merveilles

Edna O'BRIEN
Un cœur fanatique
Une rose dans le cœur

PA KIN
Famille

Mervyn PEAKE
Titus d'Enfer

Leo PERUTZ
La Neige de saint Pierre
La Troisième Balle
La Nuit sous le pont de pierre
Turlupin
Le Maître du jugement dernier
Où roules-tu, petite pomme ?

Luigi PIRANDELLO
La Dernière Séquence
Feu Mathias Pascal

Ezra POUND
Les Cantos

Augusto ROA BASTOS
Moi, le Suprême

Joseph ROTH
Le Poids de la grâce

Raymond ROUSSEL
Impressions d'Afrique

Salman RUSHDIE
Les Enfants de minuit

Arthur SCHNITZLER
Vienne au crépuscule
Une jeunesse viennoise
Le Lieutenant Gustel
Thérèse
Les Dernières Cartes
Mademoiselle Else

Leonardo SCIASCIA
Œil de chèvre
La Sorcière et le Capitaine
Monsieur le Député
Petites Chroniques
Le Chevalier et la Mort
Portes ouvertes

Isaac Bashevis SINGER
Shosha
Le Domaine

André SINIAVSKI
Bonne nuit !

George STEINER
Le Transport de A. H.

Tarjei VESAAS
Le Germe

Alexandre VIALATTE
La Dame du Job
La Maison du joueur de flûte

Ernst WEISS
L'Aristocrate

Franz WERFEL
Le Passé ressuscité
Une écriture bleu pâle

Thornton WILDER
Le Pont du roi Saint-Louis
Mr. North

Virginia WOOLF
Orlando
Les Vagues
Mrs. Dalloway
La Promenade au phare
La Chambre de Jacob
Entre les actes
Flush
Instants de vie

La Pochothèque

Une série au format 12,5 × 19

Classiques modernes

Chrétien de Troyes. *Romans : Erec et Enide, Le Chevalier de la Charrette* ou *Le Roman de Lancelot, Le Chevalier au Lion* ou *Le Roman d'Yvain, Le Conte du Graal* ou *Le Roman de Perceval* suivis des *Chansons.* En appendice, *Philomena.*

Lawrence Durrell. *Le Quatuor d'Alexandrie : Justine, Balthazar, Mountolive, Clea.*

Jean Giono. *Romans et essais* (1928-1941) *: Colline, Un de Baumugnes, Regain, Présentation de Pan, Le Serpent d'étoiles, Jean le bleu, Que ma joie demeure, Les Vraies Richesses, Triomphe de la vie.*

Jean Giraudoux. *Théâtre complet : Siegfried, Amphitryon 38, Judith, Intermezzo, Tessa, La guerre de Troie n'aura pas lieu, Supplément au voyage de Cook, Electre, L'Impromptu de Paris, Cantique des cantiques, Ondine, Sodome et Gomorrhe, L'Apollon de Bellac, La Folle de Chaillot, Pour Lucrèce.*

P.D. James. *Les Enquêtes d'Adam Dalgliesh :*

Tome 1. *A visage couvert, Une folie meurtrière, Sans les mains, Meurtres en blouse blanche, Meurtre dans un fauteuil.*

Tome 2. *Mort d'un expert, Un certain goût pour la mort, Par action et par omission.*

P.D. James. *Romans : La Proie pour l'ombre, La Meurtrière, L'Ile des morts.*

Carson McCullers. *Romans et nouvelles : Frankie Addams, L'Horloge sans aiguille, Le Cœur est un chasseur solitaire, Reflets dans un œil d'or* et diverses nouvelles, dont *La Ballade du café triste.*

Naguib Mahfouz. *Trilogie : Impasse des Deux-Palais, Le Palais du désir, Le Jardin du passé.*

Thomas Mann. *Romans et nouvelles I* (1896-1903) *: Déception, Paillasse, Tobias Mindernickel, Louisette, L'Armoire à vêtements, Les Affamés, Gladius Dei, Tristan, Tonio Kröger, Les Buddenbrook.*

François Mauriac. *Œuvres romanesques : Tante Zulnie, Le Baiser au lépreux, Genitrix, Le Désert de l'amour, Thérèse Desqueyroux, Thérèse à l'hôtel, Destins, Le Nœud de vipères, Le Mystère Frontenac, Les Anges noirs, Le Rang, Conte de Noël, La Pharisienne, Le Sagouin.*

Anton Tchekhov. *Nouvelles : La Dame au petit chien,* et plus de 80 autres nouvelles, dont *L'Imbécile, Mort d'un fonctionnaire, Maria Ivanovna, Au cimetière, Le Chagrin, Aïe mes dents! La Steppe, Récit d'un inconnu, Le Violon de Rotschild, Un homme dans un étui, Petite Chérie...*

Boris Vian. *Romans, nouvelles, œuvres diverses :* Les quatre romans essentiels signés Vian, *L'Écume des jours, L'Automne à Pékin, L'Herbe rouge, L'Arrache-cœur,* deux « Vernon Sullivan » : *J'irai cracher sur vos tombes, Et on tuera tous les affreux,* un ensemble de nouvelles, un choix de poèmes et de chansons, des écrits sur le jazz.

Virginia Woolf. *Romans et nouvelles : La chambre de Jacob, Mrs. Dalloway, Voyage au Phare, Orlando, Les Vagues, Entre les actes...* En tout, vingt-cinq romans et nouvelles.

Stefan Zweig. *Romans et nouvelles : La Peur, Amok, Vingt-Quatre Heures de la vie d'une femme, La Pitié dangereuse, La Confusion des sentiments...* Au total, une vingtaine de romans et de nouvelles.

Yasunari Kawabata. *Romans et nouvelles (à paraître)*

Ouvrages de référence

Le Petit Littré

Atlas de l'écologie

Atlas de la philosophie

Atlas de l'astronomie *(à paraître)*

Atlas de la biologie *(à paraître)*

Encyclopédie de l'art

Encyclopédie de la musique

Encyclopédie géographique

Encyclopédie des sciences
(à paraître)

Encyclopédie de la littérature
(à paraître)

Dictionnaire des lettres françaises : Le Moyen Âge

Le Théâtre en France
(sous la direction de Jacqueline de Jomaron)

La Bibliothèque idéale

HISTOIRE UNIVERSELLE DE L'ART

L'Art de la Préhistoire
(L.R. Nougier)

L'Art égyptien
(S. Donadoni)

L'Art grec *(à paraître)*
(R. Martin)

L'Art du XVe siècle, des Parler à Dürer
(J. Białostocki)

Cet ouvrage a été composé dans les ateliers
d'INFOPRINT à l'île Maurice.

IMPRIMÉ EN FRANCE PAR BRODARD ET TAUPIN
Usine de La Flèche (Sarthe).
LIBRAIRIE GÉNÉRALE FRANÇAISE - 43, quai de Grenelle - 75015 Paris.

ISBN : 2 - 253 - 09525 - 7 30/9525/4